이렇게 가벼운 주머니

시작시인선 0412 이렇게 가벼운 주머니

1판 1쇄 펴낸날 2022년 2월 28일
1판 2쇄 펴낸날 2022년 9월 5일
지은이 황미현
펴낸이 이재무
기획위원 김춘식, 유성호, 이형권, 임지연, 홍용희
책임편집 박찬세
편집디자인 민성돈, 장덕진
펴낸곳 (주)천년의시작
등록번호 제301-2012-033호
등록일자 2006년 1월 10일
주소 (03132) 서울시 종로구 삼일대로32길 36 운현신화타워 502호
전화 02-723-8668
팩스 02-723-8630
블로그 blog.naver.com/poemsijak
이메일 poemsijak@hanmail.net

ⓒ황미현, 2022, printed in Seoul, Korea

ISBN 978-89-6021-616-7 04810
       978-89 6021 069-1 04810(세트)

값 10,000원

이렇게 가벼운 주머니

황미현

천년의
시 작

시인의 말

　나무들의 표피에 있는 무늬들, 그건 바람이 비껴간 흔적
이겠지. 비껴간 일들이 없다면 어떻게 한 줄의 문장이 네게
얼룩질 수 있었을까.
　흔들린 일들이 없었다면 어떻게 자유가 깃들 수 있었을
까. 주변을 중심이라고 즐거운 오해를 했고 내 옆을 상대들
의 곁이라고 행복한 착각을 했다.

　하나의 의문이 고작 수만 가지 대답을 불러왔다.
　뒤늦게 첫 시집이라는,
　처음이 생겼다.

차 례

시인의 말

해 설

제1부 다랑어 도마 씨

고욤나무

감나무가 죽으면
그 옆에서 삐쭉 고욤나무가 새로 돋았다.
두툼하고 떫은 감이 빠져나간 자리
소소한 맛의 고욤나무 새순이
미안한 듯, 죄를 지은 듯
파랗게 돋아 나왔다.

꽃 진 자리에 삐쭉 돋아나는 초록의 미안함들, 비좁은 씨
앗을 들여놓고 그 씨앗을 익히는 일에만 몰두하는 고욤은
그래서 골똘한 맛이 난다. 어지러운 씨앗들로 혀끝이 텁텁
하거나 까끌거리는 말보다 더 튼 말줄임표처럼 세상의 모든
감나무가 사라져도 고욤나무는 또 삐쭉 돋아난다. 너무 미
안해서, 또 죄지은 듯 거뭇하고 단단하게 뾰쪽한 씨앗들을
몸 안 가득 숨기고 있다.

비좁은 몸 안에 빽빽하게 서로를 껴안고
엉겨 붙어 있는 저기 저 고욤은
매일 조금씩 옮겨 앉고 있다.

익숙함에 대한 반론

콩 심은 데 콩 나고 팥 심은 데 팥 난다.

씨앗들은 첫 계절부터 마지막 계절까지 익숙하다.
받아 놓은 물에 물고기를 넣으면
물은 또 익숙한 아가미와 지느러미가 된다.

정오와 저녁이 익숙하고
그에 비해 우리 동네 마을버스는 미숙하다.
내리막은 또 오르막은 너무도 익숙한 제 역할로
헉헉대거나 급정거한다.

말랑말랑한 습관이 불현듯 굳어지는 익숙함

가끔 엉키는 번호 키 숫자들이
여름을 울다 간 매미들이 익숙하다.
혀에 남아 있는 미숙한 쓴맛을 기억하는 사춘기는 또 사
춘기에 익숙하다.
엄마들은 엄마에 익숙하고 그러고 보면

익숙과 미숙은 숙 자 돌림 엄마 친구 이름 같은데

한 번도 배우지 않은 생을
하나의 이름으로 익숙하게 불리며 산다.
익숙함의 끝은 중간을 거쳐
미숙의 시절로 다시 돌아가 길을 잃기도 하는데
작은아버지는 할머니는
너무도 미숙하게 돌아가셨다.

씨앗을 묻어 놓고
미숙하게 싹을 기다린다.

청진하는 귀

풀숲을 청진하면
파란 것들의 숨소리를 들을 수 있다는데
병을 듣는 귀,
그건 다른 장소처럼
가슴에도 귀 하나 있다는 소리다
귀로 듣고 눈으로 짐작하는
청진을 생각할 때마다
언젠간 쇄골을 뚫고
밝은 귀 하나 튀어나올 것 같다

그때, 병과 나는
같은 숨소리로 숨을 쉰다

들이마신 숨, 흉부 속에는 온갖 풀씨와
곤충들 울음이 가득할 것 같다
입이 없는 것들의 소리
그건 팔다리를 날뛰게 한다는 뜻
허둥대다 서성거리는
걸음 하나 있다는 것

\>

가끔, 낡은 소리 하나 흘리거나
꿀꺽 삼키는 귀
배꼽 길을 역류하는 곤충들의 뜀뛰기
뭉쳐진 소리와 풀어진 소리를
청진하는 귀는,
청해 듣는 소리와
훔쳐 듣는 소리가 있다

뛰는 심장 속의 밝은 귀 하나
꽁꽁 숨어 버린 숨을
귀로 들을 때가 있다

말랑말랑한 관계

아이와 노인이 서로
말랑말랑한 말을 떠먹여 주고 있다
모두 이빨이 없는 말들,
혀가 없는 말이라 다정하게
녹여 먹는다

이빨 없는 말들도 입속에서는 잘 섞인다
노인은 이가 없는데 아이는 까끌까끌한 이가 생긴다

한쪽으로 옮겨 붙은 옆구리 없는 말들, 배꼽 없는 말들
은 입안의 모퉁이를 돌아 혓바닥을 덮은 말들을 밟고 친절
해진다

말랑말랑한 말은 노인의 입에 들어가서 듬성듬성 남아
있는 이빨을 녹여 먹고 울먹울먹 반죽처럼 잘 뭉쳐진 말은
혀를 옮겨 다니면서 아이의 입속에 까끌까끌한 이빨을 돋
게 한다

노인은 아이로 자라고
아이는 노인을 뭉쳐서 자란다

>

　목구멍 깊숙이 다정한 말들을 삼키는 노인과 아이, 왼쪽
에서 오른쪽으로 옮겨 가는 다 자라지 않은 말들

　하나로 뭉쳐지는 것이 아닌
　한쪽으로 옮겨 붙는 저 말랑말랑한 관계

절규

두 사람과 한 사람이 드잡이를 하고 있었다

서로 잡은 멱살과 풀지 못한 욕설과 고함 속에서 빠져나
오려 한 사람은 안간힘을 쓰고 있었다

매미는 울음으로 싸운다

두 사람이 자리를 뜨고 남은 한 사람이 울부짖고 있었다
뜯어진 셔츠 사이를 붉은 상처 하나가 빠져나오고 있었다
바닥에 붙어서 서서히 울분과 날개가 펴지고 굳어질 때까
지 흐느끼고 있었다

드잡이를 하는 여름,

등짝을 찢고 한 사람이 주섬주섬 일어나고 있었다 풀어
진 시계와 앞으로 또 울거나 매달려야 할 나무 한 그루 챙겨
천천히 자리를 뜨고 있었다

플라타너스 저 높은 곳에서
매미들이 절규하고 있었다

>

찢어진 등짝을 벗어 두고 한 사람이 맨몸으로 떠난 자리, 절정의 순간엔 몸을 곧추세우고 울음을 직선으로 세우는 시간, 습기 찬 울음을 남겨 두고 여름이 빠져나간 자리

나무마다 빈 껍질이 붙어 있다

울음 클럽

울음 클럽에 가입하시지 않겠어요?

빈자리는 많고 울음의 종류는 다양하죠
우리 할머니와 또 많은 엄마들이 고문으로 활동 중이시죠
가입비는 무료,
다분한 슬픔과 분노는 필참 사항이에요

먼저 트레이닝이 필요하죠
리듬과 눈치는 무아지경을 대체하죠
일종의 공연이라고 생각하는 사람도 있겠지만
모든 종류의 읍泣에는
혀끝을 차는 소리와 축축한 눈이 모여들죠

눈물은 온도가 낮은 물질이죠
슬픔에 딱 맞는 간이 되어 있지만
스스로 개발해야 할
새로운 울음의 종류를 고민해야 해요

번지는 울음을 들고 다니며
우리는 울음을 나눠 갖길 원해요

정모 같은 건 없어요
세상 곳곳이 이미 울음의 장이니까요
개인용 울음과 집단용 울음이 있고
동참하는 울음도 있으니까요

그저 순간을 감읍感泣할 따름이죠
창문이라고 생각해요 라임 맛이라고 생각해요
이제 울음 클럽에 가입하시고
속으로 삼키는 일은 하지 마세요

양동이

양동이라는 말 참 좋아요
깨진 그릇은 버리면서 찌그러진 양동이는
버리지 않고 매일 양동이 안에서 잘 놀아요
찌그러뜨려도 좋고
멀리 집어 던져도 좋아요
양동이는 매일 집 안과 밖을 찌그러지며 다녀요
들떠 있는 구름을 담아서
담장 밖으로 나르기도 해요
양동이 안에는 우그러진 귀가 있었고
아버지의 구두 굽도 들어 있어요
몇백 개의 산골짜기와 터널을 지나는
새들의 깃털도
오롯이 안쪽에 있어요

어떤 무명 가수가 탄생하는 순간이
저 안에 있다고도 해요
어떤 귀도 거치지 않은 저의 노래를 최초로 듣는대요
처음 듣는 메아리가 노래 속을 날아다닌대요

양동이의 안쪽이 궁금해요

무지개를 구겨 넣으면 더 환하게
찌그러질 것만 같아요
빗물에 걸레를 빨다가 마구 쏟아 버린 일
하루치 햇살을 거두어들이는 일과
밤의 어둑함을 걷어 내는 일도
양동이에 다 있어요

그래서 양동이라는 말 참 좋아요
멀리 집어 던져도 좋을 만큼
맘껏 찌그러져도 후회 없을
오롯한 안쪽이니까요
안쪽뿐이니까요

웃는 종이

종이는 뭉치가 된다
그때 뭉치 안에는 구겨진 선들이 생겨난다
깨끗한 종이 한 장에는
한 얼굴에 넘치고도 남을 주름이 들어 있다

종이는 찢어지면서 웃는다
웃음은 얼굴의 뭉치에서 풀려 나오고
얼굴은 웃음으로 구겨진다
뭉치는 입을 갖고 있어
깔깔거리는 입과 잠들지 않는 입
얼굴은 뭉치고 구겨진 것들의 천지다

흙으로 구운 두상 하나를 깨면
최후의 웃음들이 파편처럼 튀고 생각의 도구들이
샛길을 만들어 두통을 일으킨다

깨끗한 종이를 구겨서 한 뭉치 웃음을 만든다
내 얼굴에 배달된 종이 한 뭉치
쉬지 않고 달려온 구겨진 선들
몸속에는 구겨진 것들만 들어 있다

구부러지고 후미진 골목들, 배고픈 기다림
짓물러진 시간들
한 시절 접고 뭉치면 한 움큼도 안 될 삶의 뭉치

갖고 싶지 않은 것까지 기록한
종이 한 장,
한 생을 살아온 웃음이 뭉치로 구겨지고 있다

아직 멀었다

긴 머리
긴 다리
긴 우산
길게 늘어진 가방

길다고 생각하니 더 길게 보이는 여자
메뉴판을 길게 펼쳐 놓고
긴 손톱으로 길게 톡톡 두드리고 있다
긴 다리를 꼬고 앉아
긴 머리를 비비 꼬면서
김치찌개 하나, 추가 공깃밥
끓고 있는 김치찌개
긴 팔로 젓가락을 길게 늘여 길게도 먹는다
먹다 남은 반찬들이 뒤섞여 쪼그라들고 있다
가방을 주섬주섬 뒤진다
투명 비닐봉지가 줄줄이 길게도 딸려 나온다
먹다 남은 반찬들을 봉지 하나하나에
음식을 종류별로 나눠서 담는 여자
옆 테이블에 먹다 남은 구운 고기도 몇 점
채소도 봉지 안에 구겨 넣는다

빈 그릇들만 널브러져 있는 테이블
가방의 지퍼를 열었다 닫았다
일어날 듯 말 듯하다가
어디론가 전화를 건다
전화기 저편으로 뭔가를 꼬치꼬치
따지듯 묻는다
참 길게도 묻는다

긴 시간을 돌고 돌아
간신히 밥 한 끼 먹은 여자는
빈 그릇들을 인질로 잡고
허기진 시간을 길게도 보내고 있다
어둑해진 거리보다 더 길게
식사를 마친 손님들이 속속 떠나고
긴 여자 하나가 혼자 길게도 앉아 있다.

환복하는 나비

나비는 옷을 벗음으로 입는다
날개를 펴서 충분히 햇살에 말리고
나뭇가지에 벗어 놓은 나비 껍질은
나비의 옷장

죽은 사람의 옷장에서
그 사람이 빠져나간 껍질 여러 벌을 태웠다
연기는 바람의 방향을 충전하고 날아갔다

풀숲에는 버려진 수많은 옷장들, 뱀의 껍질과 나비의 껍
질 달팽이의 껍질, 일생이란 갈아입은 옷들이 낡고 뜯어지
는 시간

죽음은 그마저도 옷이 사라지는 시간

껍질이 갈라지는 등의 후일담, 나비가 옷 한 벌을 짠다 전
신의 칠 할은 햇살, 그때 약간씩 흔들리는 나뭇가지는 평생
날아야 하는 방향, 이름 모르는 꽃들은 옷이 된다

환골換骨하는 죽음들은 기념일이 된다

햇볕을 충전하는 시간은 아주 짧고
날아야 하는 바람의 방향은 아주 멀다
유충의 생이란 벗고 입고 다시 벗는 시간

죽은 사람의 장롱,
주머니마다 손을 넣어 뒤져 보면
환복하는 나비들이 만져진다

울고 웃는 연기

강변 장례를 보았다
처음엔 검은 연기이던 것이
갈수록 흰 연기로 바뀌고 있었다
나는 그것을 울고 웃는 연기라고
혼잣말로 되뇌었다
연기 속에는 너무도 많은 인류와 인습이 들어 있다
헌것과 새것의 대칭점, 그을린 미소와
치솟는 연기의 순서가 있다
수천 년간 꺼지지 않고 타오르는 강변 장례
오래된 불씨의 뿌리로
소멸하는 연기 속으로
매캐하게 흩어지고 있었다
가끔 죽음을 숨겨 두고 이 강변에서 길을 잃기도 한다
불가촉천민의 타다 만 굽은 등과 꺾인 목소리
아침이든 저녁이든
눈과 코가 어지러운 연기로 가득하다
몇 시간 분량의 연기가
불타는 사람의 일생이었다면
죽음이란 그을린 며칠이거나
타다 남은 나무토막의 끝 같은 것이겠지

\>

연기에 익숙한 사람들
그 연기 사이로 소가 되새김질을 하고
개들이 어슬렁거리고 있었다
연기가 다 빠져나간 주검이 뿌려지는 의식
재를 물속으로 밀어 넣는 것으로
장례는 끝이 나지만
연기는 검게 울고 또 희게 웃는다

직전

직전을 경험하고 싶다면
잠부터 들어야겠습니다.

기억나지 않는 일들, 깔끔하게 경험하고 싶다면
그 또한 잠들어야겠습니다.

직전에서 돌아선 경험이 많다면
이번엔 돌아서는 직전을 경험할 차례입니다.
싱겁게 끝이 나는 초현실주의자의 잠꼬대를 들어야 합
니다.
어떤 이는 꿈의 넘버링을 해 놓고
미드를 보듯 연속으로 꾸는 일도 있다고 합니다만
직전은 절망이나 실망의
근처이기도 해서 주변 낯익은 나무들이나
골목, 혹은 몇 번 나눈 인사들을 만나기도 합니다.

그러나 직전은 쉽게 갈 수 없는 곳이어서
아무리 살살 구슬려도 꿈의 밖으로는
따라 나오지도
끌고 나오지도 못합니다.

>

병이 아픈 것이 아니라 통증이 아픈 것입니다.
갑자기 튀어나온 고양이라는 직전은
여전히 우아합니다.

직전을 가장 멀리 두기도 하지만
사실 직전은 가까이 있고 언제나 있습니다.
직전을 넘어서는 일과 직전을 피해 돌아오는 일 사이엔
또 어떤 터지기 직전이 기다리고 있을까요?

천국과 지옥의 친밀한 이웃들이
은총을 기다리고 있지는 않을까요?
그 또한 터지기 직전까지
직전까지 가 봐야 알 것 같습니다.

방석들

오겠다는 사람들이 오지 않아
깔아 놓은 빈 방석들이 무안해질 때가 있지
듬성듬성 섞여 앉은 부재의 착석률
어느 자리에는 오리무중이 있겠고
또 어느 자리에는 지독한
투병이 앉아 있다

빈 방석을 옆에 두고
술잔을 기울이거나 불콰해져 가는 얼굴들
작년에 들었던 말을 또 듣는
방석들, 빈 방석들의
시간이 다 되어 간다

비어 있는 방석을 두고 끝낸 모임
겹겹이 쌓아 놓은 그 방석들을 와르르
허물 때의 무너지는 기분이랄까
움푹한 무게도 없이 앉았다 간 근황들이
궁금할 때가 있다

빈 방석들,

빈 술병들이 늘어 가는 숫자보다
더 지루해지는데
구멍이 숭숭 뚫린 구성원 중 하나인
나는, 또 어느 자리의 빈 방석으로
앉았다 돌아왔을까
여전히 빈자리를 지키고 있는 방석들

방금 전 조용히 자리를 뜬
누군가의 온기가
아직은 움푹하게 고여 있다

망설이는 구석

구석을 망설인다면
한 채의 집엔
망설이는 곳이 너무 많다
방 하나에 망설이는 곳이 네 곳이나 있다
창문에도 책상에도 한 장의 종이에도
깨지고 부서지고 찢어지는 구석들

그런 구석을 없애자고
둥글게 둘러앉은 풀밭의 동호인들
그렇지만, 망설이는 일이
꼭 네모난 구석만은 아니다
동그란 곳, 세모난 곳에도 구석은 있다

세상에는 망설일 수 있는 곳이
마음 놓고 서성거릴 수 있는 곳이 많지 않다
꽃들도 물줄기도 망설일 수 있다면
물고기처럼
늦게 온 봄처럼
바위 밑이나 미루어진 곳을 찾아
망설일 수 있을 것이다

\>

익숙하거나 잘 모르는
집 안에 박아 놓은 구석 몇 개,
은밀한 달의 우묵한 뒷모습처럼
집은 보이지 않는 구석들로
구석구석 버티고 있다

두부

두부는 참 조심스러운 음식이다
동글동글한 원형에서
몽글몽글한 불의 과정을 지나
압축된 두부의 사각형,
그 사각형의 모서리는 어떤 모난 면도 없다
가벼운 흔들림에도 깨지고 마는 모서리이지만
알고 보면 연하고 힘없는 것일수록
모서리는 의외로 진중하다

적절하고 유용한 힘이란
스스로 갖춘 힘이 아니더라도
상대의 힘을 내 힘에 맞추게 하는 것이다
누구든 두 손에 받쳐 들 수밖에 없는
그 공손함을 보면 알 수 있다
조심조심,
사각의 하얀 모서리를 집은
젓가락이 쩔쩔매고 있다
딱, 여기까지라고 선을 그은 모서리들
반듯하고 날카로운 면을 갖고 있지만
두부에는 공손한 맛이 있다

>
두붓집 모판에 모서리 깨진
두부 한 모가 가장 늦게까지 남아 있다
어떤 모서리는 인심도 후해서
제값을 반쯤이나 뚝 떼어 낸
두부를 두 손으로 받아 들었다

청개구리

저녁나절 공원의 산책길, 한 아이가 손바닥에 엄지손톱보다 조금 큰 청개구리를 눕혀 놓고 배를 살살 문지르며 주문을 외우고 있다

자라, 자라,

개구리는 앞발을 슬며시 모은다
뒷다리도 살짝 오므린다

아직 빛이 고여 있는 웅덩이에선 높고 짧게 공중으로 퍼지는 개구리 소리가 한창이다

아, 진짜 자네
투명하고 얇은 노란 배꼽에
자홍색 부처꽃 그림자가 흔들리고 있다

아이들은 깔깔거리다가 손바닥을 요람처럼 흔든다 꼼짝도 안 하는 개구리, 미세한 움찔거림도 없이

자는 척, 죽은 척

손바닥 그네를 타고 있다

순간, 공중으로 날아가듯 뛰어내린 개구리
아, 잔 게 아니었어, 속았어

손바닥을 툭툭 털어 내는 아이
빈 손바닥이 뒤늦게 꼼지락거리며 가렵다

다랑어 도마 씨氏

오늘의 도마는 어떤 맛이 날까

움푹한 다랑어 한 마리 누워 있는 도마, 부위별로 순위
가 정해진 세모
   난 입맛, 눈 가장자리 살 여섯 점

어슷썰기를 했는데 왜 분지 같은 맛이 날까
   그렇다면 오늘의 메인은 분지의 맛

도마 씨氏는 꼬리도 아가미도 없는 물고기, 빗살무늬 비
늘, 진홍의 난도亂刀로 숨 쉬고 칼의 호흡법으로 맛을 낸다
사선으로 누운 뼈들이 도마 씨氏의 체온을 따라 패는 밤, 사
람들의 얼굴이 점점 붉은 뱃살로 부푼다

북쪽 찬 바다에 엉겨 붙은 최상의 입맛은
   입안의 해안선을 따라 헤엄친다
   미간을 따라 범선이 항해하고
   바람은 돛을 달고 날쌘 비린내를 풍긴다

기분 좋은 손님을 기억하는 도마 씨氏 도마가 춤출 땐 그

때가 아닐까?

　가장 맛있는 피 맛을 골라내는 다랑어 도마 씨氏의 감정

　분지에 뼈가 눕는 지도를 그리며 우물처럼 깊어지는 도
마 씨氏 안과 밖,
　살아야 할 모두에게는 빗살무늬 칼의 흔적이 남는 걸까

　칼이 없는 날
　도마 씨氏는 가끔 돌아눕기도 한다

제2부 더도 덜도 아닌 딱 한 칸

책상

의자도 없는 책상을 들여놓고 어떤 난제를 세워 둘까 고민하고 있다.

책상은 평생을 서서 앉은 사람을 교육한다. 꾸벅꾸벅 조는 사람을 그저 두고 본다.

책상을 치며 논쟁하던 콧수염 모임은 사라졌겠지만 버티고 서서 앉은 사람을 회유하는 습관은 여전히 있다.

머뭇거리면서 또 다른 고민들을 세워 놓을 때 머뭇거리면서 봄은 오고 여름은 머뭇거리면서 초록으로 물든다. 가장 맛있는 과일은 머뭇거리면서 익어 가고 허공을 뒤척이는 열매의 꼭지는 팽창하면서 버틴다.

한없이 팽창하는 책상, 눈 하나 깜짝하지 않고 불평등의 세계를 내려다본다. 책상은 어떤 벽을 만나든 팽창시킨다. 달의 뒷면을 안내하고 막연漠然을 수집하는 수집가들 같은 벽.

책상은 벽을 뚫는 굴착기인 동시에 벽을 열어젖힐 문이다.

더도 덜도 아닌 딱 한 칸

시끌벅적한 휴게실 화장실 한 칸에 앉아 있으면 한 칸이라는 말이 전지전능한 말처럼 여겨진다. 아무리 바깥이 보채고 문을 두드려도 그 잠시의 권리, 한 칸의 소유권은 절대적이다.

차에서 내린 사람들이 앞다투어 몰려드는 한 칸. 바늘 꽂을 땅 없어도 자기 소유의 싸늘한 윗목 하나 없어도 누구나 잠깐 주인이 될 수 있는 지상의 한 칸. 자신의 냄새를 만난다거나 오직 자신만을 위해 이마를 찡그리며 힘쓰는 시간.

제 것이라면 똥도 아까워 돌아본다는데, 이 온전한 한 칸엔 든든한 잠금쇠까지 있질 않은가.

반쯤 내린 바지춤을 건너는 시냇물 소리, 속속들이 젖은 기억을 더듬을 수 있는 잠깐의 명상. 한 칸 속에서 또 다른 한 칸의 주인들이 걸어 나오고 아무 미련 없이 뒷사람에게 내어 주는 살찌는 숲이 자꾸 생겨나는 방.

한 칸. 물고기 배 속에서 구겨진 생각을 바꾼 요나
내가 거쳐 온 한 칸 어머니 배 속

형제들 다 거쳐 간 그곳에서
오롯이 세내어 지내다 온 더도 덜도 아닌
딱 한 칸.

피아노

등반이 없는 의자에 앉아서
두 손을 풀 때,

그건 피아노를 고르는 일이다

사실은 피아노 건반이 닳고 닳아서
손가락 끝으로 스며드는 일이다

흐느끼는 사람에게 어깨를 맡겨 놓듯
적당히 구부린 등엔 흰색, 검은색 건반이 차례로 돋는다
얼마나 가벼운지 손가락 끝에도 쌓여 있던 음표들
음표들의 공장과 피아노 공장이
온갖 소리를 수집하듯 피아니스트의 손가락엔
피아노의 무덤이 즐비하다

등반이가 필요 없는 의자에서 손끝을 모으고
뱉었다 되돌아오는 숨을 몇 번이고 가다듬는다

도돌이표를 몇 번이고 되돌아오면서
오르막과 내리막을 구를 때

왜 피아노 의자는 등받이가 없을까,
한 번도 생각해 본 적 없지만

등은 감정의 뚜껑이어서
들썩이는 것이라고
건반에서 살다 건반에서 죽는
감정이라고
손끝이 아파 오는 결론들이 있다

등 뒤에서 내 맞은편이 환해지고 있다

거울

거울 보는 횟수를 생각해 본 적 없이 살았다
전철 안에서 화장하는 여자를 보면
한 백 리쯤 걸어 나가 만난
나 같았다

그리던 눈썹을 멈추고
거울을 본다
거울 너머 흐릿하게 보이는 야윈 소 한 마리
나는 거울 속 전생에서 헤어 나오지 못하고 있다
소의 눈이 얼마나 예쁜지
그리고 얼마나 슬픈지도 알 것 같다

엄마는 거울을 좋아했지만
수를 놓는다
포도알의 숫자만 자꾸 늘어 가는 밤
민낯의 겨울밤은 왜 이리 길고도 긴지
나는 포도알을 세다 말고
잠이 들곤 했다
내 방의 거울이 작아서
커다란 풍선처럼 늘리고 싶었던 때가 있었다

동생과 나는 서로 거울 속으로 들어가겠다고 싸웠다

그리다 만 눈썹을 다시 그린다
똑바로 그리려 해도 자꾸 삐뚤삐뚤해지는 눈썹
흐릿하다 못해 출렁거리는 거울
소의 눈이 흐리게 보이고
이 가을 뒤늦게 익어 가는 포도알이
거울 속에서 픽픽 터지고 있다

꽃 피는 주머니

한 번도 속을 드러내지 않는 주머니
속이 너무 깊어서
쌀 한 자루도 넣을 수 있는 주머니
가득 차 있는 일보다
비어 있는 일들로
진화해 온 주머니

모금함 앞에서 주머니에 손을 넣고
오래도록 머뭇거렸다
이렇게 가벼운 주머니가 또 있을까?
혼자서 빛나는 곳이 있다면
아마도 그건 주머니일 것이다

주머니에 손을 넣으면
몇 올의 실밥에서 지붕을 눌러쓴
반달이 딸려 나오고
꽃의 시절에 환하게 빛나던
희극적 순간이 떠오른다

생각해 보니

그건 모두 다 주머니에서
꽃 피던 일이었다는 것

주머니 속에서
한참을
걸어 나왔다는 생각이 들었다

봉투의 힘

누군가 보내 준 책
그 책이 들어 있던 봉투를 뜯다가
대체 봉투의 힘이란 어디까지일까 생각했다
그 책을 옮기는 봉투의 힘
그 봉투를 붙이는 풀의 힘은 어떻게
기록할 것인가,

여행하는 책
되돌아오는 책

지구의 회전을 거슬러 날아가는
봉투들의 비행력은 어떤
철새의 이동 경로를 꿰뚫고 있는가?
겉장과 제목의 힘에 버금가는 힘
그건 봄부터 가을까지
사과를 옮기는 사과의 껍질이나
몇 개의 색깔을 옮겨 와 빨갛게 익은
토마토와 같을 수 있겠지

또 어떤 봉투는 셀 수 없는 연혁으로

나를 이곳까지 옮겨 온
나의 성씨와도 견줄 만하겠지

자궁을 봉투라 한다면
이불 속은 또 다른 봉투
그 속에서 잠을 잔다면
마지막 남은 봉투는 또 어떤 봉투일까

한 번 들어가면 뜯어져야만 하는 봉투는
또 어떤 이동 경로를 거쳐야 하는가

무의식에 관하여

관성과 습관 그 중간쯤에 봄이 또 왔다

나무들의 톱니바퀴가 도는 소리, 그 나무들을 간섭할 수 있는 것은 도끼뿐이겠지

무의식으로 도는 세상이 아름다워서 꽃은 핀다 술 취한 아버지가 온갖 돌부리와 개천과 봄밤의 간섭을 피해 집으로 찾아들 듯이 누구도 간섭하지 않는 딱 그 지점에서 봄은 결정된다

아주 작은, 그러나 절대적인 물관 하나가 나무를 봄까지 끌고 오듯이 아주 작은 무의식 하나가 끌고 가는 익숙함

사소하다는 말도 작은 것과 적은 것이 모여 만들어진 말

관성과 무의식 그쯤에서 술 취한 아버지는 더 큰 소리로 내 이름을 부르고 대문이 흔들리고 뒤를 따라온 봄은 딱 한 잔만 더 하자 하고 온 집안 식구들의 만류에도 봄은 자꾸 주정을 부릴 때

>
그때 엄마는 초봄이었나 늦봄이었나
아직 꽃 피어 있을 때

낮잠

내가 나를 열어 놓고 싶어질 땐
낮잠을 잔다
소나기가 나를 들렀다 가고
죽은 사람이 아주 가볍게
나를 깨우지 않고 살살 다녀간다

자정을 넘은 잠은 무겁고
낮잠은 너무 얇아서
풍선처럼 둥둥 떠 있거나
거품 위에 누워 있는 느낌

악몽의 시간에도 아주 가볍게
미끄러져 나올 수 있다
주소를 모르는 집 앞에서
햇빛 한 줄 걸친 옥상에서도
손차양 그림자를 살짝 눌러쓰고
걸어 나오는 잠

얇게 잠들어서 가볍게 나올 수 있는 잠
짧아서 지루하지 않은 잠

\>

열린 창문으로
새소리 바람 소리
소나기 한 줄 지나간 숨소리

높아진다는 것

이 말은 너무 짧아서
꽃을 묶기도 축하로 건네기도 힘들다

점점 높은 곳으로 올라간 사람
자신을 넘어서는 자신을 밟고 올라가는 사람
기록이라도 세우려는 듯 헉헉거리지도 않는 사람
가끔 그런 사람이 불안하다

높아진 만큼 불안해지는 사람
위로 올라갈수록 위태로운 사람
높이 올라갈수록 뛰어내릴 곳이 많아진다

텐징 노르가이, 라는 사람
높은 봉우리를 최초로 정복한 산악인들보다
먼저 올라가서 줄 묶어 두고 기다려 준 사람
저만치 위에서 내려다보며 최초로 올라오는 사람들
사진 찍어 준 사람이 늘 궁금했는데
산소통도 아이젠도 등산화도 없이
최초보다 늘 먼저 올라가서 기다려 준 사람

>
산악인들
무산소 다이버들
스스로 뛰어내리고 올라간 그곳에서
오래 머물지 않는다

높이 올라간 사람
자신을 믿는 자신이 거느린 사람은
맹목과 맹신을 또 거느리고 싶어지는 것이다
먼 곳에서 가까운 사람을 껴안고
사방으로 날뛴다

떨어지지 않고는 사라지지 못하는
높아진 사람들이 가장 낮게 누운 그 자리를
그 무덤을, 너도 알고 나도 알고 있지

밑줄

남의 것에 밑줄을 그으면
내 것이 되는 것 같아 좋았다
모르는 것도 아는 것이 되는 것 같아 좋았다
저기, 맑은 하늘 아래 밑줄을 그으면
산등성이가 되듯이
거기 올라서서 너머를
넘겨다보는 것이 좋았다

옛날 우리 마을에는
밑줄로 먹고사는 사람이 여럿 있었다
인근 마을에 가서
줄을 타는 아저씨와
긴 밭을 가로질러 밑줄을 긋고
그곳에 씨를 뿌리는 사람들과
공중의 밑줄에 빨래를 널던 엄마들

거미는 밑줄에 걸린 만찬을 즐기며
장미는 밑줄을 타고 담쟁이를 넘고
초승달은 밤마다 한쪽 눈에만 밑줄을 그린다

\>

나는 누군가의 책을 내 것으로 만들고
싶어서 수많은 밑줄을 그었지만
그게 과연 내 것일까?
그렇게 열심히 밑줄을 그었던 책들은
지금 모두 어디로 갔을까?

우리는 모두 밑줄의 덕분으로
딱 그만큼의 높이와 울타리를 치고
여기까지 아슬아슬 왔다

결박

작은 패킹 하나 뽑았을 뿐인데
수조에 담겼던 소용돌이가 빠져나가고
결박되었던 물이
제 몸을 휘감으며 빠져나간다

물은 쉽게 결박되는 존재들
물길을 찾아 돌아가려는 흔적들
조수간만에 묶이고
사람의 시간, 저 밖에 있는 달의 월력에
늘 결박되어 있다

묶였던 물이 풀리는 시간
뚝 뚝 끊기거나 말라 죽는 일을 두고
목이 마르다

나무들은 물줄기가 말라 가을에 들고
호수는 여름을 묶어 두기도 한다
물은 얼마나 튼튼한 줄기인가
칡넝쿨 호박 넝쿨 등등으로 대변되는 물줄기들

>
물을 묶는 방법은
작은 구멍 하나를 막는 일이다
어떤 형形에도 다 묶이는 물
그 물의 모양이
지구의 지도를 만들었다

나는 결박된 작은 물줄기 하나 끊고 태어나
미처 메우지 못한 구멍 하나
간신히 막고 있는 중이다

억지

옹이들을 새순이라고 한다면 억지일까. 나무들은 줄곧 그림자를 따라다닌다고 하면 이것도 억지일까. 그러나 숲이 빽빽한 건 그림자가 있기 때문이고 그 그림자를 나무의 옷이라고 하면 그것도 억지일까. 한겨울에도 한여름 옷을 입고 있는 나무들.

일요일이 가짜 휴일이라며 숫자를 삼켜 버리는 사람들, 하루가 모자란다고 숫자 하나를 더하는 달력이 있다면 억지일까.

억지는 가끔 빗장을 푸는 일이기도 하다. 삐딱하게 걸어도 보고 어울리지 않는 옷을 입어도 보고 눈이 붓도록 시간을 거꾸로 뜯어 먹는 일.

수량은 어디까지 셀 수 있는 단위일까? 나무들의 수량에다 그림자를 포함시키면 숲의 면적도 달라진다는, 이것도 억지일까. 숲을 벗어나 달리기를 망설이는 나무들은 그림자를 품고 한 뼘의 면적을 키운다.

집에 사는 사람만 가족이라 한다면 수많은 기일은 어떤

수량을 헤아리는 단위일까. 우리 집에는 죽은 사람이 쓰는 그릇이 있고 숟가락과 젓가락이 있고 술잔이 있고 식구의 단위를 말한다면 이 또한 식구가 아닐까.

살아서 손위와 손아래가 있다면 죽어서도 손위와 손아래가 있고 그래서 죽은 사람도 하나의 촌수로 존재한다면 세상엔 억지 아닌 것이 없고 나는 집단으로 늙어 가는 나무의 그림자를 옮기고 있다.

한여름에도 한겨울 옷을 입고 있는 나무들. 옹이가 생기는 것에만 새 가지가 생겨난다.

색깔 섞기

섞인 것
그건 실수의 전형이다.

그러므로 우리는 실수의 표본이다.

색깔은 은밀하고 어두운 곳에서 섞인다.
먼저 이름을 추출하고
구호口號들의 성향을 추출한 뒤에
한 가지 색깔로 명명한다.

여름의 더운 사람
가을의 쌀쌀한 사람
그리고 얼굴이 붉어 쏟아지기 쉬운 사람으로
이상한 색깔로 명명한다.

그들은 색깔을 풀어놓고 가두려 한다.
일찍이 그 방법은 계절들의 몫이었지만
분류하는 방법으로
밭의 곡식이 개간되고
척박한 잡풀들이 자라는

멈추지 않는 영역이 된다.

자신의 색깔에 다른 색깔을 들이지 않으려는
분류법, 저 새콤한 교본을 읽지 않아서이고
달달하게 섞이는 늦가을들을
이해하지 못하는 일들이겠지만
섞인다는 것은 익는다는 것이다.
자신의 색을 은밀하게 빠져나간
표본으로 뒤척이는 밤

섞인다는 것,
협업하는 표본이
또 꿈을 꾼다.

떨어진 별

지구에 얽힌 실선들, 가만히 보면
모두 휘어진 모양입니다.
자연스레 휘어진 모양의 국경선은
인습적이거나 아름답습니다.

가령, 그런 생각을 해 보는 것입니다.

지구의 실선들 그동안 너무
오랫동안 고정으로 머물러 있었다는
그래서 누군가 지구본을 돌리듯
지구를 힘껏 돌리고 있다고 말입니다.
휘어지거나 삐뚤삐뚤한 국경들
다시 그어졌으면 하는 바람이라는.
그중 별을 국기의 상징으로 쓰는 나라들은
어디서 그 별을 주웠을까요.
단출하게 하나만 주워 왔거나
아니면 여러 개의 별들을 일렬로
늘어놓거나 반원으로 둘러놓은
하얀 별, 또는 노란 별, 빨강 별
사실 하늘에서 따 온 것이 아니라

주워 왔을 수도 있습니다.

떨어진 별들이 모인 국기들이
바람에 펄럭이고 있습니다.
별들은 저토록 유연한 것입니다.

믿음이라는 선물

거친 숨과 고요한 숨
어느 것을 믿겠습니까

타인이라는 자신과 자신이라는 타인 중
누구와 평생을 살겠습니까

살펴보겠습니다
나무는 바람을 믿지만 그건 나무의 종교가 아닙니다
다만 흔들리는 일 중에서 골라낸
바람은 믿을 것입니다

믿는 일과 믿지 않는 일 사이에는
무수한 타자들이 저요, 저요, 자신을 자처합니다

나눌 수 없는 것들
두 개의 눈 중
어느 것을 먼저 잠자리에 들게 하겠습니까
윗입술과 아랫입술은 어떤 말을 두고 서로 미룹니다

네 네 그러시군요
설교 잘 들었습니다

제3부 가벼운 돌

싱거운 공중

밀물을 가두고 햇살을 들이는 소금의 제조 기술엔 증발법이 있습니다. 짠맛은 가장 무거운 무게이고 물은 가장 가볍습니다. 기세등등한 초록도 소금에 숨이 죽는 것으로 보아 소금은 가장 무거운 물질입니다. 갑각류 같은 팔과 다리를 저기, 염전에 평생 눌러앉힌 것으로도 입증된 무게입니다.

한낮, 물이 날아갑니다.
바람 없이 날아갑니다.

싱거운 물만 길어 올리는 싱거운 공중, 증발한 물이 빗방울이 되어 지면으로 옮겨집니다. 들고 나는 물의 힘이나 간이 알맞게 들었다는 말은 자연의 일부를 인정하는 고유한 익명입니다. 오래된 공중의 바람은 더 싱거워지지만 소리 하나 없이 날아갑니다.

무거운 물을 꽃피우는 일엔 싱거운 공중이 있습니다.

가벼운 돌

지구도 달도
다 떠 있는 별이다

떠 있다고 생각하면 또 얼마나
가볍다는 생각이 드는지

거리와 각도를 사이에 두고 모여든
돌들의 마을을 떠올리면
은하, 라는 옛날 동네 친구가 떠오르지
아주 많은 것들을 손등에 갖고 놀았지
늘어나는 숫자의 별만큼
공깃돌을 한 줌씩 던지거나
양손에 줄을 쥐고 뛰어넘는 줄넘기 놀이
팽팽하게 당겨진 별들과
마주쳤던 기억

그때
빛의 씨앗들을 품고 반짝이고 있던 돌
눈부신 미로들이 생각나
싱싱하게 부풀어 오르던 기억들이었지

무중력, 오래될수록 기억은
숨을 쉬지 않고
손등에 올린 공깃돌을 공중에 던져 올리던
결국, 그 돌을 받지 못하고
손바닥은 지금도 비어 있는데
우리는 가장 가벼운 돌을 갖고 놀았으면서
가장 무거운 사이가 되어 가고
떠 있는 별들 사이의 어떤 가벼운 돌은
가끔 돌아눕기도 하지

우주의 별들
그저 떠 있는 돌들이지

무거운 색깔들

꽃들 다 털린 나무들이
마지막 초록을 숙성시키는 중이다
팽팽하던 초록이 다 빠져나간 자리마다
불붙은 불씨들이 열매에 안착하면
열매의 색깔이 된다

새를 매달고 있는 늘어진 가지에는
아직 힘이 붙어 있다

색깔의 무게를 가늠하려면
열매를 보아야 한다
몇 그램부터 몇십 킬로그램까지
색깔의 무게는 다양하다
중력의 법칙을 따라 지상으로
속속 내려오는 색깔들
겨울이 오기 전, 흰 눈이 모두를 덮기 전
자신들이 깃들어야 할 열매를 찾아 안착을 한다
당분간 천지간도 쉬어야 한다고
당번도 없이 나무를 비우고
텃밭과 들판을 비운다

>
한 점의 온도로 달궈진
늦은 저녁을 건너온 색깔
그 색깔의 총 중량을 재 보려면
저기, 티브이 화면 속 막 겨울잠에 들려던
곰을 달아 보면
저울은 친절하게 답을 줄 것이다

무성한 중간

빗방울과 구름은 중간이 아니다.

새들은 소란한 중간이 분명하다. 그 중간을 까먹고 버린 숫자들이 와르르 쏟아지는 달(月)의 중순쯤 무릎 꿇은 쉼표 하나 찍고 가기에 딱 좋은 덤불들, 중간은 무슨 맛일까? 동생이 따다 준 덜 익은 자두 맛일까. 정오의 소나기 같은 맛일까. 새털구름이 바람에 쫓기는 한낮, 오래전 일들이 찾아오다 깜박 주저앉는 중간, 안개들의 해산 지점이던 그곳

의자들은 다 중간에 있고 꽃들은 모두 중간의 정점을 갖고 있고 과일들은 중간부터 익어 가고 있다. 중심이 없는 중간에서 서럽게 울다 중도 해지한 적금과 좌회전과 우회전 사이에 끼인 신호를 닦달하던 중간들. 흔들리는 문명의 흔적들은 다 중간에서 전설이 되어 가고 있다.

불꽃처럼 타오르던 중간 기웃거리는 무게를 달아 보던 중간, 더하고 빼는 일이 없는 중간의 무게란 얼마나 극진한 가. 무게 중심을 잃고 무너지기 좋았던, 방향 감각을 잃고 너무 멀리 왔다고 후회하던 무성한 중간들

>

중간을 끝까지 몰고 가려는 사람들로 중간은 언제나 무겁다. 이것도 저것도 아닌 비어 있는 곳, 중간을 모르거나 혹은 알고 있거나 수많은 일로 덜거덕거리는 중간들.

검은 개 흰 개

저녁이었고
검은 개와 흰 개가 붙어 있었다
각자 자신들의 색깔 쪽으로 낑낑대고 있었다
꼬리는 다정했고
귀는 부끄럽게 움찔거렸다

양방향으로 달리는 기차 같았다

하루가 각자의 빛으로 우왕좌왕
양방향으로 주름 길이 생기는 저녁
흰 장미꽃은 저녁의 어둑함을 얻어 내고
창문들은 서둘러 방 안에 고인 어둠을 내쫓고 있다

나무들이 한낮의 그늘을 이파리 쪽으로
끌어 올리는 저녁
불 꺼진 기차들이 불 켜지는 시간으로 달리고 있다

흰색은 낮도 밤도 아니다
검은색은 기울어진 쪽에 숨어 있다
낮과 밤의 길이만큼 가깝고도 먼

두 개의 색깔이 만나
각자의 색으로 끌려가는 소리

두 개의 색이 동시에 달리는 표정
일정한 거리를 두고 개의 몸에서
빠지지 않는 두 개의 색깔이
낑낑거리고 있다

손뼉

손뼉은 최초의 동의라고
만국용어사전에 등재되어 있다
손바닥의 생산성은 때로는 모욕감이 되기도 하고
손등은 수시로 바뀌는 변덕이 되기도 하지만
집약적인 문명이다

손바닥과 손바닥이 맞닿으면
모두 손뼉이다
빨간 손바닥들이 햇살과 박수 치고 있는
단풍잎에는 선명한 손금들
손등을 올려다보면 반짝거리는
나무의 손금들이 있다

손등은 항상 부정을 책임지고 있는
손바닥의 협조자이다
때로 매진되기도 하는 손뼉
손바닥의 잔주름이 자주 섞이면
평생을 벗어날 수 없는 관계가 된다
손뼉이 늙으면
둥글게 말린 주먹이 되고

주먹은 일생의 다짐을 꼭 쥐고 놓지 않는다

손바닥을 기억하지 않는 손뼉
안으로 말려 쥔 손바닥의 비밀을 알 수 없는 손등
우리가 태어나서 처음으로 친 손뼉은
짝짜꿍 놀이였지만
그것은 최초로 배운 동의였겠지

사람들은 소리 나지 않는
손뼉을 아무도 모르게 치고 있고
나무들은 점점 맨손이 되어 간다

기지개, 꽃 피다

기지개를 켜면
손끝에 꽃이 핀다
아무리 발돋움해도 꺾을 수 없는
그 꽃을 따라
아이들은 키가 큰다

기지개를 켜면
온몸의 관절들 사이엔
부드러운 용수철들이 생긴다
기린처럼 목을 치타처럼 꼬리를
원숭이처럼 팔을 뻗는다
그때 잠시 손끝은
기지국이 된다
보이저호가 보내는 성간의 침묵
한 마리 쓸쓸한 가을 날씨가
수많은 나뭇가지 끝을 돌아다니다
결국엔, 기지개를 켜는
손끝에 닿는다

후들거리는 팔과 다리

늘어진 척추 사이로 뭉친
그늘이 빠져나가고
마른 풀씨들이 풀썩풀썩 돌아눕는 오후
눅눅한 하품을 털어 내는 손끝엔
꽃이 핀다

기지개를 켜면
고여 있던 잠이 쭉쭉 빠져나간다

배추가 소란스러울 때

배추씨 씨앗 봉지를 흔들면
분명, 씨앗들은 깨어 있다.
촬촬 소리 내는 씨앗들
어느 밭고랑이 슬그머니 준비를 하고
날씨들은 또 한풀 꺾이거나
들뜨곤 한다.

배추는 눈 뜨는 시간이 며칠은 된다. 파란 눈썹 같은 싹
이 돋아 나오고 날씨는 선선해지고 한 잎 두 잎 포개지는
배추, 처음의 속잎이 겉잎이 될 때까지 웅크리고 뭉쳐지면
서 부푼다.

배추는 소란스럽다. 촬촬거리던 소리가 노란 속잎 와삭
거리는 소리로 바뀌는 동안 파란 겉잎들은 억세어진다. 소
란스러운 배추에 조용한 민달팽이가 붙어서 조용히 갉아 먹
는다. 벌레가 뱉어 놓은 구멍을 잡는 사람들, 서리가 밀물
들듯 파란 겉잎을 들추면 여러 겹의 노란 주름이 더 꼭꼭 여
며지고 있다.

단맛으로 뛰는 배추는 여전히 소란하고 웅크린 채로 밭고
랑을 파랗게 물들이던 등 굽은 이파리들.

물수제비는 언제 나는가

강기슭에서 서너 걸음
그쯤엔 작고 납작한 돌이 많다.
납작한 돌은 멀리까지 가지 못하고
찰랑찰랑 물 닿는 그쯤
닳고 닳은 한 조각 물잎처럼 많다.

나는 것으로 보아 물수제비는 조류의 한 종류다. 물을 딛
고 물을 건너가는 가장 짧은 새
빠른 새.

강변에선 돌이 들뜰 때가 있다. 얇아져서 들썩이는, 날아
갈 준비가 된 돌. 수백 년에서 수천 년을 준비한 돌. 흐르는
물에 저의 몸을 갈고 또 갈아 딱 알맞은 크기가 될 때까지.

다 자란 돌은 수면을 꿈꾸다 가끔 들썩이기도 한다.
내려앉은 깊이보다 더 납작하게 날아가려는 새
수면과 물속은 너무 가깝고도 멀다.
강기슭의 물과 물 사이에서
단 한 번의 호흡으로 날아오를 돌이
납작한 신호음을 기다리는 중이다.

양배추밭에서

겹겹 중
한 겹을 빌릴 수 있을까요.

오므리는 한결같음을
잠시 빌릴 수 있을까요.

포옹의 방식에 대해서라면 아삭아삭한 전문가들입니다.
단 한 겹도 밖으로 퍼지거나 말려 가지 않는 자기애,
기하학적인 속성을 뚫고도

모르는 척
둥글둥글한 척하는
그 딴청을 빌릴 수 있겠습니까.

모두가 활짝 펴려 할 때 더 바짝 웅크린 사람은 그 속을
닫아걸려 하지만 가끔은 뒤집힌 의문을 제기하면서 반으
로 갈라진 양배추의 단면을 숨겨진 달의 표면이라 말하기
도 합니다.

식물의 내장 기관이라면 적어도

양배추의 밀도를 헤아릴 줄 알아야겠습니다.

반복되는 구조를 확대해 보아도 해독할 수 없는 면적은 달이나 지구의 단면을 닮기도 했습니다.

부푸는 질감, 궁금한 곳을 향해 불거지는
오므리는 일 없이 퍼지는 건 착각,
묵직하고 단단한 비밀을 지켜 달라고 공처럼 부풀고 있
습니다.

양배추의 부푸는 습성을 배워야겠다고 상처 하나 없는 겉잎을 떼어 내고 있는 사람을 봅니다. 촘촘한 속살은 빈틈도 없이 부풀고 밤새도록 자신의 그림자를 눌러 앉아 지키는 앉은뱅이의 중력, 그건 양배추밭에서 구석 없이 빛나는 고집입니다.

불쑥 착륙한 햇살도
밤새 내려앉은 이슬만 살짝 거둬 갑니다.

나무망치

하나 둘 셋…… 열넷
모과나무에 달린 망치를 센 날부터
툭툭 망치질 소리가 났다
세상에 저처럼 미약한 망치질 소리가 있을까
떨어진 이파리들을,
도망치는 그늘을 박는 소리

찬 기운 돌아오는 흙을 박는 소리가
한밤을 헐어 낸다

그 미약한 망치질이 구르다
울창한 나무를 짓는다고
뒤척뒤척 나도 잠을 박는다
뿌리를 구르다 알몸의 소리를 두고두고 익혀 먹는 모과
열매들은 모두 땅을 박는 중
퉁, 툭, 풀썩
그리고 다시 망치가 되어 간다

망치 소리가 깊어질 때마다
불꽃은 피었다 지고 뒤늦게 망치 소리를

기억해 내는 모과들, 다음 해 봄이 되어서야
땅에서 파란 불꽃이 핀다

숲을 들어 올리는 나무망치
빈 계절에 못 하나 더 박아 두고 소리를 모으는 열매들
열매들은 다 망치다
나무들을 깊게 박는다
꽝꽝 언 땅속을
망치질이 지나간다, 한 계절을 건너가고
꼭지들이 젖을 뗀다

풍선론論

풍선의 꼭지는
단 한 번의 고비

옆구리에서 풍선들이 날아오른다. 풍선은 언제 들어온지
도 모르는 숨을 내쉬기만 한다. 흩어질 것 같아 무너질 것
같아 조금씩 아주 조금씩 말을 섞기도 하였고 콧노래를 섞
기도 한다.

풍선은 평생 바깥을 숨 쉰다.

애초에 타인의 숨으로 일생을 내쉬는 풍선의 호흡법. 착
가라앉은 공기의 층엔 그르렁거리는 대기권이 있다. 풍선
은 너무 얇아서 온통 공기의 장기들로 둥둥 떠다닌다.

풍선의 호흡법으로 공중을 뛰고
찡긋, 뾰족한 눈길엔 안절부절못한

풍선 부는 개구리의 목청이 달빛 속으로 굴러가는 여름
밤, 꼭지가 잘린 풍선은 뛰고 싶지만 어느 나뭇가지에 걸린
듯 침대에 누워 꼼짝하지 않는다.

>
바람의 눈과 꼬리를 기억하는 풍선의 호흡법

귓속말 몇 마디에도 움찔하는 풍선,
조용히 착지하듯 자가 호흡을 끝낸 풍선
사람의 마지막엔 가라앉은 공기가 있다.

구름의 악기들

구름만큼 흥겨운 악보가 또 있을까
양철 지붕을 만나도 시멘트 바닥을
만나도 즉흥으로 펼쳐지는
구름의 세션, 단일 악보로 다양한
타음을 발생시킨다
바람이나 폭설도 나름의
악보들이 있겠지만
구름만큼 장엄하지는 않다

연주자들도 없이 흥겨운
한여름, 음악을 모아 놓는다
들판도 강물도 숲도 다 악기다
아마도 악기 중에선 이것들보다
더 큰 악기는 없을 것이다

서 있는 나무들을 보라
그 나무의 내력을 가만히 들여다보면
땅속 물 한 방울 한 방울까지도
다 톡톡 튀는 악보들이다

\>

커다란 비올라를 메고 가는

어린 연주자처럼

숲을 메고 가는 비

인간이 탄생하기 전부터

오래된 악기들은

저 혼자 흥겨운 음악이고 연주자였다는 것

발자국의 달

눈이 내린다
이제 곧 발자국의 달이 시작된다

　흥겨운 발자국이 아닌, 굳어진 발자국도 아닌 꾹꾹거리
며 우는 달은 더욱 아닌 조심스러운 발자국들의 달, 흰 털
을 가졌거나 누런 털을 가졌거나 발자국의 달엔 모두 폭폭
발이 빠진다 바람은 제 방향을 알게 되고 음지와 양지의 처
지가 극명해지는 달

　지구의 한쪽이 흰 털로 무성해지다가
　다시 하얗게 날리는 달
　신발에 맞는 발자국을 찾으러 나간 언니
　발자국 하나 잃어버리고 울면서 돌아오던 달

　발자국은 서로 피하거나 숨는다
　머뭇거린 흔적들이
　서로 들킨다
　그건, 뒷산이 조심스레 내려왔던 흔적
　코끝에 흰 눈이 묻은 어떤 밤이
　꼬리를 끌고 지나간 흔적이다

>

발자국의 달에는 옷이 살찌는 부류와 털이 살찌는 부류가
있다 흔적들은 분명해지고 켜켜이 쌓여 가는 얇거나 뭉툭한
발자국을 가만히 쓰다듬어 보고 싶어지는

발자국의 달
무게를 벗어 놓은 흔적들이 서로를
비껴가며 발이 시린 달

수선하는 개미들

비 오기 전
검은 실뭉치가 풀리듯 새까만
개미들이 길게 이어진다
아니, 옛날 이불을 시침질하던
바늘땀같이 가지런하다

수선하는 중이다
물보다 단 한 겹만 높아지기를
어떤 구호품이나 자원봉사도 없이
물을 대비하는 중이다

탁탁 털어도 떨어지지 않는 바늘땀
실뭉치에서 풀어진 개미들이
길게 실을 풀며 가는 장마의 저쪽엔
빨랫줄마다 내걸린 눅눅한 이불이 많고
개미들이 수선하는 오전을 지나
납작 엎드린 구름 밖으로
무성해진 이파리와 푸성귀
갉아 먹는 벌레들의 소리가
사각사각 난다

>

모였던 햇살이 끊어지면
이파리들이 그늘을 거둬들이는 오후
포슬포슬한 실뭉치가 돌돌돌 풀리듯
개미들이 풀어진다
물 닿지 않는 곳으로,
더 깊이 땅을 파고 물을 대비하는 개미들
깊이 내려갈수록 높아지는 수심
물의 층은 수심 밖이다

진흙을 만지면

신의 말대로라면
인간의 재료인 진흙은 무수히 많다
다만 인간에게서 돌아온 흙과
아직 인간이 되어 보지 못한
진흙으로 나뉜다

그런 진흙을 개면
움푹 들어간 곳이나 쩍쩍 갈라진
그곳들이 떠오르는 것이다
입 주위가 깨진 인간들과
가슴팍이 떨어져 나간 인간들과
한쪽 팔과 또 한쪽 다리가 없는
그런 인간들이 떠오른다
척척 붙이고 싶은 것이다
메울 곳 메우고
없는 곳들을 채워
있게 하고 싶은 것이다

흙들이 무너지는 일이라면
누구나 겪는 일들이다

얼굴을 흘리고 발가락 하나를 떼어 놓고
너덜너덜한 웃음으로 무너진 진흙
나는, 이 흉상을 오래도록 바라보고 있다
기울기가 다른 별들의 그림자를 보았다
사람과 흙을 왕복하는 길을 잘
몰라서, 한 번 갔다 온 길은 지워지지만
사람들은, 서로 닮은 얼굴을 통과하면서
돌아가는 일과 태어나는 일로
때때로 수수께끼를 내곤 할 때
장기를 서로 나눠 쓰듯
한번 인간이 되었던 진흙을 개어
이곳저곳 수리하고 싶은 것이다

수수께끼 나라의 첫 인사법

인사는 나라의 수입원이다
수수께끼 나라의 국민 총생산량이다

설문지의 활주로 끝에 수수께끼 나라의 첫 인사법이 있
다 왕은 보이지 않는 사람이어야 하고 다만 흔드는 손만 어
렴풋 보여야 한다 수수께끼엔 미로원이 있고 항아리 속에서
익어 가는 밀주가 있어야 한다

협곡 사이에 곡예비행
새들은 심장을 입에 물고 날아다닌다

모든 것이 느리게 흐르고 있는 팀푸, 신호등 없는 도시
는 모두가 먼저이고 또 나중이다 시계 반대 방향을 거슬러
사리탑을 업고 느리게 돌고 있는 여자는 모든 가족을 떠나
는 중이다

여행자들의 얼렁뚱땅 첫인사와 입을 굳게 다문 건축물
들, 저 혼자 흔들리는 기도하는 깃발, 아치형 창문들이 자
신의 색깔 속으로 숨어드는 저녁, 행복의 설문지를 다 읽으
려면 삼박 사일 하고도 하루가 더 필요하고 인사법을 다 배

우려면 한 번 만나고 헤어지면 끝이다

　비탈엔 감자들이 익어 가고 찻잎이 쇠하지만 태어나서 배운 첫 인사법은 파란 꼭지가 달린 시큼한 인사법이다

　수수께끼를 내고 태어나
　수수께끼를 풀고 죽는다

나선형 화석

돌 속에 깊이 박혀 있는 나선형 화석, 발굴단이 서서히 나선을 풀자 주라의 한 축이 뜯겨져 나왔다 시대는 견고했다.

사관史官은 불기 없는 날들의 윗목이나 차가운 필기구라고 여긴다.

나선은 아주 오랜 시간을 조이고 있었다. 풀리면서 자란 나선의 어디쯤에서 각구角口 하나를 만들어 놓고 집이 되었다면 집들이란 창문의 화석일까. 흐릿해진 불빛이 흘러나오고 사람들은 발을 뻗고 잠시 화석이 된다.

고정을 잃어버렸다고 생각이 들 때, 화석의 혁명을 얻는 것인가. 회오리 기둥의 나선으로 모든 별들을 불러 모으고 빈집은 오랜 시간 뒤척이다 입가에 묻은 축축한 물음표를 닦는다.

마치 수몰 직전에 있던 어느 마을처럼 빈집의 귀는 뜯겨진 한 축 모퉁이를 돌고, 바람 문양으로 그 시대에서 이 시대까지 회오리를 뚫고 왔다.

>

뒤틀어진 한 생이 살았던 곳, 우리는 뜯겨져 나온 어느 한 축을 찾아 저마다의 각구를 만들어 가는 중이다.

오르막을 탕진한 사람

노인은 가파른 계단을 오른다
한 손으로 계단을 붙들고 한 손으론
이마에 굳은살처럼 핀 땀을 닦아 내면서,

오르막을 탕진한 사람은 자주 쉬었다 간 사람이다 느릿
한 숨을 끊어 가며 평평한 평지의 숨이 가파른 계단을 다 올
라올 때까지 계단참에 앉아 기다린다 매일매일이 오르막과
내리막의 반복이었던 사람, 그가 가장 두려워한 것은 한여
름 올라가 더는 내려오지 않아도 되는 푸른 넝쿨들의 일생

오르막과 내리막 사이에서 오래전 시들었다는 것을, 계
단 한 칸에 기대어 몸을 의지한 채 녹슬어 가는 숨을 몰아
쉰다

가끔 불 꺼진 오르막에서
불 켜진 내리막으로
일생, 오르막을 탕진한 사람이
잠잠해진 숨을 갈아 끼우며
끙, 다시 오르막을 향해 일어선다

제4부 해바라기 육아법

문맹

저 집은 처음엔 ㄷ 자 집이었다. 가축은 왼쪽을 보며 자랐고 다 자란 가축은 저 집의 학습 비용이었다. 지난한 공부가 쓸고 간 집. 가축우리부터 헐렸다. 헐리고 다시 ㄴ 자가 되었다.

문득, 집은 귀했던 것부터 기울어진다. 수재와 총명이 떠난 집. 문맹의 노인들이 국영방송을 시청하고 있다. 총명은 집을 들뜨게 했었고 수재는 집을 텅텅 비게 했다. 아는 것이 병이었고 불안한 집은 땅의 힘으로 버티고 있다. 어쩌면 집을 살찌우는 것은 문맹의 혈연들이었을지도 모른다.

기울기가 달라지는 집의 방향으로 새들은 ㄷ 자로 날다 ㄴ 자로 흩어진다. 넘어진 하품처럼 고단한 집 마당가에 ㄴ 자 의자가 놓이고 서로의 뒷머리를 깎아 주는 문맹의 부부가 있다.

찢어지면서 덜그럭거리는 책은 없다.

수서동 501번지

봄비가 장맛비처럼 내린다.
추적추적 비는 옛일을 끌고 온다는 듯
엄마의 마지막 말은
수서동 501번지였다.

이 밤에 너는 왜 거기 있어?
어쩌다 보니 이곳까지 왔네.
새벽에 걸려온 동생의 전화에는
가물가물한 지붕을 타고 빗소리가 흘러내린다.
죽은 사람이 간다는 저승
한 번도 본 사람은 없지만 왠지 알 것 같다.
살아서 가장 정겹던 그곳
그곳이 저승은 아닐까.
살던 곳들은 다 폐허의 전조여서
언젠가 무너지고 말
정겹던 시절.

새벽에 걸려 온 동생의 전화에는 가물가물한 지붕을 타
고 빗소리가 흘러내린다. 삼 남매는 기억 못 하면서 수서
동 501번지만 앵무새처럼 말하던 엄마. 먼저 이사 가 있을

테니 뒤따라오라는 말은 아니었을까. 손바닥만 한 땅에 작은 슬레이트 집, 사우디아라비아 노동자로 갔다가 온 작은 아버지랑 아버지가 흙벽돌 찍어서 지었던 그 집. 완성도 되기 전에 이사해 지붕도 없는 집에서 잤던 기억. 엄마는 봄 꽃잎 묻어나는 접시를 꺼내고 동생과 나는 깨진 유리병 조각으로 없는 대문을 그렸던 그곳. 밤새 개구리들이 봄의 후렴구만 반복하던, 별들도 다 주소가 있다는 것을 처음 알았던 그곳.

파출소에서 할머니 여기가 어디에요? 물으면
수서동 501번지라고, 정겹던 기억의 후렴구만 반복하던 엄마.
다 버리고 다시 그 집으로 이사 가고 싶다고
추적추적 동생이 봄비처럼 운다.

빈 입

아홉 살 때였나 열 살 때였나
학교에서 돌아와 보니
엄마가 마룻바닥을 닦고 있었다

엄마의 입이 오물거리는 걸 보았다
아, 해 보라고 보챘던 나
엄마는 빈 입이라고 했다
빈 입 달라고 울고 떼를 썼던 일
떨어져 있는 쌀 알갱이가 아까워서 입에 넣고
오물거렸던 엄마
그 빈 입에 볍씨가 자라는 줄 알았다

빨랫줄에 앉아 재잘거리던 참새
그 볍씨를 보고 빨간 혀를 날름거리며
해가 지도록 앉아 있었다
말없이 웃던 엄마의 미소
저 안쪽에는,
벼 이삭 하나와 참새의 눈망울
올망졸망 매달린 쌀알들이
추수 때를 기다리고 있는 것만 같았다

\>

하루해가 서둘러 빠져나간 병실
그 많던 볍씨들은 다
어디로 갔을까?
매일 찾아오던 참새들은 또
어디로 날아갔나?

엄마는 여전히 빈 입으로
입술만 달싹달싹
너무 닦아 반질반질하던 마룻바닥
어딘가에 굴러다닐 쌀 한 톨
빈 입으로 육체를 비워 내고 있는 엄마

철없던 어린 날
엄마의 빈 입이 너무 맛있게 보였다

감자

겨울, 감자에는 여러 개의 눈이 돋아 있었다
움푹한 분지 같은 곳에 나 있는 눈에는
독이 들어 있다고 했다

문득, 너무 많은 눈을 먹은 사람을 두고
무슨 중독자라 불러야 하나 궁금했다

생선 눈알만 쏙쏙 빼 먹던 할아버지가 무서워
한쪽 눈만 뜨고 바라본 적도 있었다
빙빙 돌고 있는 눈을 꺼내려
무정한 손만 낭비했던 나

싹이 무성하게 나 있는 감자의 눈을 오려 내고
반으로 잘라서 욕실 유리를 박박 닦았다
독을 품은 눈으로 얼룩을 지우니
내 눈이 더 반짝거렸다

여러 개의 눈이 돋아 있는 감자를
삼등분해서 밭에 심었다
눈으로 흙을 뚫고 나온 감자는

눈 감은 눈을 주렁주렁 달고 있다

눈이 없는 감자를 먹어야 한다고
눈을 도려내면서
엄마가 칼끝으로 말했다
나와 마주친 다정한 엄마의 눈 속에
내가 있던 날이었다

황소가 춤출 때

먼 들판에서 황소가 춤췄지.

처음엔 황소가 아지랑이에 묶여 있는 줄 알았지. 묶여 있는 아지랑이를 풀려는 줄 알았지. 할머니가 소의 뿔을 타고 춤추는 줄 알았지.

춤추는 황소가 들어간 할머니는 더 온순해지다가 돌아가셨지. 할머니가 돌아가시고 할머니 속에 들어간 황소는 한참 동안 묶여 있다가 죽었지. 할머니 제삿날이면 아버지는 혹시 소가 따라왔을까 싶어 워워 소를 쫓아내는 시늉을 하곤 했지.

멀리서 보면 죽음은
춤처럼 보일 때가 있지.

황소의 춤에 공중을 날아다니시던 할머니. 그 사이로 아지랑이가 섞이고 마을 사람들의 이마엔 손차양이 생겼지. 황소가 평생 묶여 있던 감나무는 온순해졌지만, 가끔 바람 부는 날이면 춤추는 황소처럼 미쳐 날뛸 때가 있었지. 떨어진 풋감을 혀에 대면 황소의 입에 묻어 있던 침버캐가 내

혀에 붙곤 했지.

　뿔에는 날뛰는 꽃의
　발정 시기가 있다고 한다.

　해거름 묻은 할머니 옷소매에서 날뛰던 황소, 들녘의 바
람을 따 먹던 까마귀의 떫은 입. 해마다 기일이면 황소와 할
머니 이야기가 전설처럼 문밖에 묶여 있곤 했지.

두 줄 사이

두 줄 사이를 뛰어넘는 줄넘기
아이 입에서 하나둘 숫자들이 태어난다.
나와 동생도 그 두 줄 사이에서 태어났고
핑크색 유령을 뒤집어쓴 강아지도
두 줄 사이에서 태어났다.

작은 줄기 하나가 큰 나무를 감고 올라가는 두 줄. 동그란 원을 두 줄로 만드는 메달. 둥둥 북을 구르는 두 줄기 소리가 공중으로 뛰고 휩쓸리는 해금의 두 줄 사이에서 숨을 고르는 말총은 활대를 달린다. 축축한 구름의 배 속에 알을 까는 밀잠자리, 공중에 먹이를 숨겨 둔 뻐꾸기 울음이 두 계절을 넘어가고 있다.

두 개의 모나미 볼펜을 붙여 쓰던 반성문. 아버지의 유행가를 따라다니던 두 줄의 젓가락 장단. 찌그러진 주전자의 콧등에 송골송골 맺힌 땀방울을 마시고 술 취한 고양이. 밀린 일기를 한꺼번에 쓰던 날 피어난 개나리꽃. 밤마다 나를 불러낸 두 개의 혀를 가진 개구리.

지금은 위아래 구분이 사라져 버린 언어들과

초록 잎에 경련이 일 뿐
두 줄 사이에 팽팽하게 쳐진 거미줄만
흙먼지를 타고 흔들린다.

두 줄 사이를 뛰면서 살고 있다. 두 줄 사이엔 바람의 두
방향이 있고 저마다 두 줄 사이를 고르며 옆구리에 박힌 안
과 밖을 등지고 걷고 뛴다.

공중 만찬

접시꽃이 피면
공중 만찬의 때가 되었다는 뜻이다.
꽃의 접시도 접시지만 푸른
이파리의 접시마다 담겨 있는
잘 구워진 햇살이며
아침저녁으로 담기는 이슬이며 또
숲을 튀겨 내는 새소리와
벌레들의 소리가 가득 담긴다.
그러나 접시꽃에 담긴
만찬이란 눈 밝은 허기와
귀의 식욕을 위한 것이어서
사람의 배고픈 끼니는
이곳에서 비웃음거리가 되기도 한다.

햇볕 잘 드는 곳에
몇 그루만 심어 놓으면 신혼살림은 넉넉하다.
아끼던 접시를 깨고 접시꽃에 가서
접시를 빌렸던 일,
옮겨 다닌 곳마다 접시가 되고 식탁이 되고
그릇 장식장이 되기도 한다.

눈에 보이지 않는 것들의 만찬이란
그 또한 보이지 않는 것이다.

저녁 어스름에 늦은 설거지를 하는
붉고 흰 접시들은
그 어떤 요란함도 없다.

가족

같은 상에서 밥을 먹고
같은 말을 하고
서로 닮아 가는 법을 배우지요
한 번 들어가면 나올 수 있는 문을
잊어버리는 일은 너무 흔해요
아버지의 말투와 엄마의 말투는 섞이지 않았고
나와 동생의 말투는 번갈아 물어뜯곤 했어요
사실 우리의 얼굴은 밥그릇을 닮았어요
외탁도 친탁도 하지 않은 건
어느 쪽에도 기대지 말라는 뜻이었죠
밥그릇의 양도 늘어 갔어요
가끔 할머니의 안부를 전해 듣는
엄마는 다른 가족의 가족이었어요
가족은 또 다른 가족을 낳고
서서히 느린 속도로
닮아 가는 것이라는 것을
가족을 이룬 다음 알았어요
엄마의 말 속에서 자라서
아버지의 말 속으로 빠져나왔거든요
가장 미운 감정으로도 부를 수 있는 호칭들에겐

예쁜 대답을 듣고 싶을 때가 있어요
손을 내밀다 멈추고
미처 챙겨 나오지 못했던
내 밥그릇 하나가
여전히 달그락거리고 있다는 말을요

첫니

첫니가 나기 전에는
울창한 말들이 잇몸에 가득하다
그러다 흰 이빨의 처음인지
끝인지가 보이면서
조금씩 뜯어지는 말
끊어지는 말 몇 마디를 한다
엄마, 라는 말을 물고
온종일 입속에 고여 있는
가까운 말이 이빨처럼 쏙쏙 자란다
입안 가득 이빨이 가득 차면
가까운 말과 먼 말을 다 배우고 말한다
가지런한 말
덧니처럼 삐죽이는 말
이빨마다 엄마와 아버지와 형제들이 하얗게 빛난다
빛나다가 이빨은 빠진다
함께 빠져나간다
결국엔 우물우물 아무도 남아 있지 않은
가족들이 입안에서 맴돈다
듬성듬성 빠져나가는 말
입안 가득 물고 있던 말

끝내 다 말하지 못한 말
균형을 잃은 말,
귀만 커지고 있어서
현기증이 났던 말
겨우 알아들은 몇 마디 말들
곧 시들어 버리고 말았지만
아버지의 몇 마디 말이 생각났다
그때마다 꿈속인 양 이빨이 시리다
시린 이,
이빨에 얼음이 언다
곧 겨울이다

해바라기 육아법

해바라기는 자기 얼굴에
씨앗을 슬어 놓는다
꼬물거리지도 않는, 덜 여문 것들을
까맣게 익을 때까지 얼굴을 숙이며 여물게 한다
늘그막의 엄마는 머리가 아프다고
자주 고개를 숙이곤 했다
주근깨가 씨앗처럼 박힌 얼굴을 가끔 찡그리곤 했다
여전히 까만 씨앗들을 품고
등에 알을 지고 다니는 피파개구리처럼
얼굴에 빼곡히 근심을 달고 다녔다
생각해 보면 얼굴이 얼굴을 키웠다
울고 웃고 찡그리거나 근심스러운 일들은
모두 얼굴의 몫이었다
얼굴 밖의 일들이 미간을 늘렸다
내가 실망한 얼굴도 엄마의 얼굴
내가 웃었던 얼굴도 엄마의 얼굴이었다
나는 엄마의 얼굴에서 자랐다
이파리와 꽃술이 다 마르는 동안에도
내려놓지 못하는 빽빽한 씨앗
염려와 근심들, 내 얼굴에도
어느새 씨앗들이 가득하다

해 설

꽃의 시절에 환하게 빛나던 순간들

유성호(문학평론가, 한양대학교 국문과 교수)

1. 존재의 근원에 대한 탐색과 사랑의 의지

황미현의 첫 시집 『이렇게 가벼운 주머니』는 아름답고 신
비로운 지난날들을 촘촘하게 재현하여 오랜 기억의 도록圖
錄으로 완성한 미학적 결실이다. 시인에게 기억이란 지나온
시간에 대한 과장된 미화 의지보다는 오랜 상처를 추스르
고 견뎌 온 삶에 대한 자긍에서 발원하는 것이다. 그 과정
은 그녀의 성장사와 그대로 겹쳐 있으며 그녀가 관찰해 온
타자들의 삶에도 고스란히 각인되어 있다. 자신의 이야기
든 다른 사람의 이야기든, 황미현은 남다른 애착을 가지고
그 이야기의 뿌리를 정성스레 거두어들인다. 그만큼 시인
의 관심은 자신이 힘겹게 통과해 온 시간을 은유적으로 복
원하면서 그 안에서 오랜 기억의 풍경을 배열해 가는 데 있

다고 할 수 있다. 또한 황미현은 사물의 물성物性을 모사하는 사실적 작법이나 언어 실험의 극단을 욕망하는 전위적 작법을 모두 넘어서는 균형을 견고하게 유지하고 있다. 그 점에서 그녀가 시 안쪽으로 끌어들이는 대상들은 한결같이 환상과 실재의 양면성을 두루 보여 주는 주인공들이다. 시인은 존재의 근원에 대한 탐색과 그것을 사랑의 의지로 완성해 가는 태도를 통해 개별적 경험에 한정되지 않는 존재 보편의 탐색 과정을 균형감 있게 치러 가는 것이다. 일군의 타자 지향 시편들도 이러한 근원에 대한 의지가 현실 속으로 침투한 결과일 것이다.

이번 첫 시집은 황미현의 이러한 믿음과 의지가 실현된 뜻 깊은 실례로 다가온다. 그녀가 탐색하는 존재의 근원은 꿈과 사랑의 형식을 통해 아름답게 나타나고 있는데, 오랜 시간의 풍경 속에 출렁이는 성찰의 과정이 그 안에 보석처럼 빛을 뿌리고 있기 때문이다. 아닌 게 아니라 황미현은 원초적 시간을 통해 자신의 근원적 자기동일성을 구성하면서 아름답고 처연하고 오롯한 서정의 문양을 구축해 가는 빼어난 서정시인이다. 이러한 견고하고도 다채로운 음역音域은 그녀의 시로 하여금 돌올한 상상력의 탁월한 범례範例가 되게끔 해 줄 것이다. 따라서 우리는 그녀가 관찰하고 노래하는 사물들이 한결같이 인간 보편의 삶과 정서를 반영하는 상관물로 나타난다는 점을 감안하면서, 사물과 내면이 분리되어 있지 않고 그 사이에 밀도 있는 소통이 가능하다고 믿는 '시인 황미현'을 만나 볼 필요가 있다. 그 점에서 황미현의 첫 시집은 우주와 인간, 기억과 실재, 사물과 내면, 천상과 지상의 친화와 소통 과정을 역설하는 미학의 한 정점을 보여 준다 할 것이다. 그 안에 존재의 근원에 대한 탐색과 사랑의 의지가 깊이 출렁이고 있는 것이다. 이제 그 세계 안으로 천천히 들어가 보도록 하자.

2. '사이/중간'의 언어로 수행하는 존재 갱신과 실존적 자각

두루 알다시피 서정시라는 장르는 현실과 꿈 사이에서 착상되어 한 편의 의미론적 다면체로 완성되어 간다. 이성의 통제에 의해 규율되는 현실이나 정서적 촉발에 의해 감싸여 있는 꿈이 한쪽으로 경사되면 그것은 인간의 복합성을 단면적으로 반영한 것일 수밖에 없게 되고, 다면체가 가지는 풍요로움은 사라져 버리게 될 것이다. 그래서 좋은 서정시는 우리의 복합적 현실을 담아내면서도 그것을 초극하고 넘어설 수 있는 꿈의 세계를 마련하여 현실과 꿈의 풍요로운 접점을 형상화하게 된다. 이때 꿈은 삶 곳곳에 배인 폐허와 불모의 기운을 치유하고 새로운 상상력을 추구하게 하는 근원적인 힘이 되어 준다. 황미현의 시는 폐허와 불모의 기억에도 불구하고 그것을 꿈의 형식을 통해 아름다운 사랑의 마음으로 바꾸어 가는 형상을 취함으로써 좋은 서정시의 덕목을 충실하게 증명하고 있다. 그렇다면 그 소중하고 아름다운 꿈은 그녀의 시적 지향을 어디로 이끌어 가고 있을까? 가장 먼저 주목되는 형질이 바로 '사이/중간'의 시학이 아닌가 한다. 그녀는 진중한 균형감각으로 세계와 내면에서 피어나는 섬광들을 바라보고 채집하고 그것을 시 안으로 안착시킨다. 다음 시편을 먼저 읽어 보자.

강기슭에서 서너 걸음
그쯤엔 작고 납작한 돌이 많다.
납작한 돌은 멀리까지 가지 못하고
찰랑찰랑 물 닿는 그쯤
닳고 닳은 한 조각 물잎처럼 많다.

나는 것으로 보아 물수제비는 조류의 한 종류다. 물을 딛고 물을 건너가는 가장 짧은 새
빠른 새.

강변에선 돌이 들뜰 때가 있다. 얇아져서 들썩이는, 날아갈 준비가 된 돌. 수백 년에서 수천 년을 준비한 돌. 흐르는 물에 저의 몸을 갈고 또 갈아 딱 알맞은 크기가 될 때까지.

다 자란 돌은 수면을 꿈꾸다 가끔 들썩이기도 한다.
내려앉은 깊이보다 더 납작하게 날아가려는 새
수면과 물속은 너무 가깝고도 멀다.
강기슭의 물과 물 사이에서
단 한 번의 호흡으로 날아오를 돌이

납작한 신호음을 기다리는 중이다.
—「물수제비는 언제 나는가」 전문

시인은 강기슭에서 조금 떨어진 곳에서 "작고 납작한 돌" 들을 발견한다. 그것들은 멀리 가지 못하고 물이 닿는 비근한 곳에 수없이 놓여 있다. 물수제비하기 좋은 이 돌들은 물을 가볍게 튕기면서 날아가니까 "조류의 한 종류"임에 틀림없다고 시인은 에둘러 생각한다. 그것들은 "물을 딛고 물을 건너가는 가장 짧은 새/ 빠른 새"의 형상을 하고 있기 때문이다. 또한 비상飛翔을 오래전부터 준비해 왔기 때문이기도 하다. 흐르는 물에 오래도록 몸을 갈아 날아가기에 알맞은 크기가 될 때까지 말이다. 그때 그것들은 "빛의 씨앗들을 품고 반짝이고 있던 돌"(「가벼운 돌」)들로 몸을 바꾸고, 비로소 "내려앉은 깊이보다 더 납작하게 날아가려"는 의지를 가지게 된다. 물과 물 사이에서 단 한 번의 호흡으로 날아오를 돌들은 그렇게 물수제비 형상으로 '날아가는 새'가 되어 물과 물 사이, 세상과 시선 사이, 과거와 현재 사이를 건너가고 있다. 이처럼 시인은 오랜 시원始原의 흔적을 견고하게 새긴 돌들이 물수제비가 되어 날아가는 은유적 형상을 통해 사물들이 "절정의 순간엔 몸을 곧추세우고"(「절규」) 자신을 개진하는 순간을 잡아 내고 있다. "모두가 활짝 펴려 할 때 더 바짝 웅크린"(「양배추밭에서」) 상태에서 비상을 가능케 한다는 역진逆進의 힘이 이러한 존재자들의 '사이'에서 훤칠한 가능성을 얻고 있는 것이다. 다음 시편은 어떠한가.

빗방울과 구름은 중간이 아니다.

새들은 소란한 중간이 분명하다. 그 중간을 까먹고 버린 숫자들이 와르르 쏟아지는 달(月)의 중순쯤 무릎 꿇은 쉼표 하나 찍고 가기에 딱 좋은 덤불들, 중간은 무슨 맛일까? 동생이 따다 준 덜 익은 자두 맛일까. 정오의 소나기 같은 맛일까. 새털구름이 바람에 쫓기는 한낮, 오래전 일들이 찾아오다 깜박 주저앉는 중간, 안개들의 해산 지점이던 그곳

의자들은 다 중간에 있고 꽃들은 모두 중간의 정점을 갖고 있고 과일들은 중간부터 익어 가고 있다. 중심이 없는 중간에서 서럽게 울다 중도 해지한 적금과 좌회전과 우회전 사이에 끼인 신호를 닦달하던 중간들. 흔들리는 문명의 흔적들은 다 중간에서 전설이 되어 가고 있다.

불꽃처럼 타오르던 중간 기웃거리는 무게를 달아 보던 중간, 더하고 빼는 일이 없는 중간의 무게란 얼마나 극진한가. 무게 중심을 잃고 무너지기 좋았던, 방향 감각을 잃고 너무 멀리 왔다고 후회하던 무성한 중간들

중간을 끝까지 몰고 가려는 사람들로 중간은 언제나 무겁다. 이것도 저것도 아닌 비어 있는 곳, 중간을 모르거나 혹은 알고 있거나 수많은 일로 덜거덕거리는 중간들.
—「무성한 중간」 전문

이번에는 '사이'가 아니라 '중간'이라는 관념을 택했다. 그것도 '무성茂盛한 중간'이다. 새들이 만들어 내는 "소란한 중간"은 쉼표 하나 찍고 가기에 좋은 덤불들로 이어져 간다. 시인은 오래전 일들이 찾아오다 주저앉는 '중간'이야말로 우리 삶의 무성한 흔적이라고 노래한다. 그리고 보니 뭇 사물들은 한결같이 중간에 있거나 중간의 정점을 가지고 있거나 중간부터 익어 가고 있지 않은가. 모든 흔적들은 중간 어디쯤에서 저마다 전설이 되어 가고 있는 것이다. 그렇게 "불꽃처럼 타오르던 중간"은 극진한 마음으로 무너지거나 방향 감각을 잃거나 "무성한 중간"으로 나아가게 된다. 비록 중간을 그대로 두지 않고 끝으로 몰고 가려는 이들에 의해 중간은 무거워지지만, 수많은 일로 덜거덕거리는 무성한 중간들에서 우리의 삶은 "서서히 느린 속도로/ 닳아 가는"(『가족』) 것이다. 그 묵묵하고 무성한 중간에서 "눈에 보이지 않는 것들의 만찬"(『공중 만찬』)이 벌어질 때 우리는 어느새 "뛰는 심장 속의 밝은 귀 하나"(『청진하는 귀』)를 가지게 될 것이니까 말이다.

두루 알다시피 우리 시대의 서정시는 삶이야말로 맹목적으로 전진하는 것이 아니라 끊임없이 서성대며 반추하는 것임을 알려 주는 '남은 자'들의 목소리로 구성되어 간다. 황미현의 목소리 또한 서정시가 경험을 초월하면서 항구적 심미성을 가질 수 있는 것이 삶과 사물에 대한 이러한 태도를 기초로 하고 있기 때문임을 알려 준다. 그 점에서, 황미현이 들려주는 경험과 형식의 결속 과정은 매우 중요한 서정시의 미학적 성취 가능성을 시사해 준다. 그렇게 시인은 자신만의 '사이/중간'의 언어를 통해 존재 갱신의 활력과 어둑한 실존적 자각을 완성하고자 하는 언어의 사제司祭로 거듭나고 있다. 그리고 존재 확인이라는 욕망을 넘어 궁극적이고 최종적인 삶의 형식을 완성하려는 보다 큰 욕망을 가진 존재로 도약하고 있는 것이다.

3. '씨앗'의 상상력을 통한 신성한 존재의 성장과 성숙

모든 신성한 존재는 삶의 구체성과 만나 '시적인 것'을 이루어 간다. 우리는 다양한 삶의 양상 속에 숨겨진 신성한 존재에게 귀 기울일 때, 지상에서의 힘겨운 삶을 견디고 치유하는 시적 경험을 얻게 된다. 황미현의 시는 이러한 삶의 신성한 가능성에 대해 나직하고 아름다운 육성을 고조곤히 들려준다. 그것은 사물의 황홀에 전율하는 노래로 등장하기도 하고, 삶의 의미가 모호해진 시대에 찾아 나선 시원의 세계로 나타나기도 한다. 평면적 은유 시학으로는 해석하기 어려운 세계를 담아 가는 황미현의 미학이 입체적 복합성으로 짜여 있는 것도 바로 이 때문일 것이다. 어쩌면 그녀의 시는 가장 깊은 직관의 힘과 그것을 역추적하여 시원의 세계와 만나는 접점으로부터 유추해 가야 만날 수 있는 세계일 것이다. 그럴 경우 황미현의 시학은 우리 시단에 빈곤하기 짝이 없는 형이상학의 한 범례範例가 되어 주기도 할 것이다. 그리고 우리는 사랑의 완성으로서의 존재론을 가멸차게 보여 준 그녀의 설계와 결실에 걸맞은 가치 평가를 수행할 수 있게 될 것이다. 이번 시집이 그러한 작업의 개활지가 되어 주고 있는 셈이다. 그런데 우리는 그 개활지에 뿌려진 신성한 가능성을 집약하는 형상이 '씨앗'이라는 원형질임을 발견하게 된다. 원초적 가능성으로서의 '씨앗'이 광활한 개활지를 만나 커다란 결실을 하는 원리가 그러한 시적 구상을 떠받치고 있는 것이다.

> 해바라기는 자기 얼굴에
> 씨앗을 슬어 놓는다
> 꼬물거리지도 않는, 덜 여문 것들을
> 까맣게 익을 때까지 얼굴을 숙이며 여물게 한다
> 늘그막의 엄마는 머리가 아프다고
> 자주 고개를 숙이곤 했다
> 주근깨가 씨앗처럼 박힌 얼굴을 가끔 찡그리곤 했다
> 여전히 까만 씨앗들을 품고
> 등에 알을 지고 다니는 피파개구리처럼
> 얼굴에 빼곡히 근심을 달고 다녔다
> 생각해 보면 얼굴이 얼굴을 키웠다
> 울고 웃고 찡그리거나 근심스러운 일들은
> 모두 얼굴의 몫이었다
> 얼굴 밖의 일들이 미간을 늘렸다
> 내가 실망한 얼굴도 엄마의 얼굴
> 내가 웃었던 얼굴도 엄마의 얼굴이었다

나는 엄마의 얼굴에서 자랐다
이파리와 꽃술이 다 마르는 동안에도
내려놓지 못하는 빽빽한 씨앗
염려와 근심들, 내 얼굴에도
어느새 씨앗들이 가득하다
—「해바라기 육아법」전문

　자기 얼굴에 '씨앗'을 슬어 놓는 해바라기는 얼굴을 숙여
가면서 덜 여문 것들을 여물게끔 하는 성숙의 시간을 꾸려
간다. 이때 시인의 기억은 "늘그막의 엄마"도 가끔씩 머리
가 아프다고 고개를 숙이시곤 "주근깨가 씨앗처럼 박힌 얼
굴"을 찡그리시기도 했다는 데 가닿는다. 씨앗이 까맣게 익
을 때까지 고개를 숙이는 '해바라기'와 까만 씨앗들을 품은
얼굴에 빼곡히 근심을 달고 다니시던 '엄마'는 그 점에서 "얼
굴이 얼굴을" 키운 두 사례일 것이다. 모든 감정이 "모두 얼
굴의 몫"이었기 때문에 어린 화자 역시 엄마의 얼굴에서 자
라났다고 고백한 것이다. 그때 엄마는 이파리와 꽃술이 마
르는 동안에도 내려놓지 못한 "빽빽한 씨앗"으로 육아법을
대신하셨던 것이다. 이제 시인의 얼굴에도 까만 씨앗들이
가득해졌다. 이처럼 해바라기 육아법의 '씨앗'은 가장 원초
적인 모성을 환기하기도 하고, 까만 감정의 굴레와 무게를
암시하기도 한다. 나아가 그것은 "죄지은 듯 거뭇하고 단단
하게 뾰쪽한 씨앗들을 몸 안 가득 숨기고"(「고욤나무」) 살아온
우리의 삶을 낱낱이 드러내 주는 상징적 장치라고 할 수도

있을 것이다. 그리고 그러한 "씨앗들은 첫 계절부터 마지막 계절까지"(『익숙함에 대한 반론』) 익숙하게 삶을 이끌어 갔고 궁극에는 삶의 심부深部에 드리운, 신성하기 그지없는 존재론적 기원起源으로 남았던 것이다.

> 배추씨 씨앗 봉지를 흔들면
> 분명, 씨앗들은 깨어 있다.
> 촬촬 소리 내는 씨앗들
> 어느 밭고랑이 슬그머니 준비를 하고
> 날씨들은 또 한풀 꺾이거나
> 들뜨곤 한다.

배추는 눈 뜨는 시간이 며칠은 된다. 파란 눈썹 같은 싹이 돋아 나오고 날씨는 선선해지고 한 잎 두 잎 포개지는 배추, 처음의 속잎이 겉잎이 될 때까지 웅크리고 뭉쳐지면서 부푼다.

배추는 소란스럽다. 촬촬거리던 소리가 노란 속잎 와삭거리는 소리로 바뀌는 동안 파란 겉잎들은 억세어진다. 소란스러운 배추에 조용한 민달팽이가 붙어서 조용히 갉아먹는다. 벌레가 뱉어 놓은 구멍을 잡는 사람들, 서리가 밀물 들듯 파란 겉잎을 들추면 여러 겹의 노란 주름이 더 꼭꼭 여며지고 있다.

단맛으로 뛰는 배추는 여전히 소란하고 웅크린 채로 밭

고랑을 파랗게 물들이던 등 굽은 이파리들.

—「배추가 소란스러울 때」 전문

이번에는 '배추 씨앗'이다. 씨앗 봉지를 흔들면 그 안에 분명하게 깨어서 소리를 내는 씨앗들은 밭고랑에 뿌려져 "눈 뜨는 시간"을 맞이하게 될 것이다. "파란 눈썹 같은 싹"이 돋아 나오고 한 잎 두 잎 포개지면 처음의 속잎이 겉잎이 될 때까지 배추들은 서서히 몸을 부풀려 갈 것이다. 이렇게 소란스러운 배추의 리듬에 맞추어 시인은 배추가 내지르는 "노란 속잎 와삭거리는 소리"를 통해 "여러 겹의 노란 주름이 더 꼭꼭 여며지고" 있음을 알게 된다. 이때 잔뜩 웅크린 채로 밭고랑을 파랗게 물들이던 등 굽은 이파리들이야말로 오래전 '씨앗'으로 뿌려진 미소微小한 존재자들이 아닌가. 그들이 이렇게 소란스러운 몸짓으로 자라나서 이 시편으로 하여금 '씨앗'의 성장 서사가 되게끔 해 주는 것이다. 비록 "세상 곳곳이 이미 울음의 장"(「울음 클럽」)일지라도 '씨앗'으로 뿌려진 우리의 존재론적 가능성은 소란스러운 역동성으로 자라 가는 자연의 이법理法처럼 우리에게 신성한 위안과 희망으로 다가오지 않는가.

이처럼 황미현 시인은 따스한 기억과 아름다운 삶의 문양이 모여 화창和唱하는 순간의 미학을 통해 '씨앗'이 뿌려진 현장에 대한 유추적 해석을 밀도 있게 배열해 간다. 이러한 유비적 작법을 통해 자신의 삶도 심미적 기억 안쪽에서 아름답게 완성되어 가기를 열망하는 것이다. 여기서 우리는 시인이 가장 아름다운 삶의 결정結晶을 강조할 때나 고통스런 삶의 상황을 은유할 때나 모두 아스라한 기억을 매개로 화음을 내고 있음을 알게 된다. 그만큼 그녀의 시는 존재의 고통이나 결핍에서 시작하여 상상적 충일로 나아가는 과정에서 발원하는데, 삶의 비극성을 새로운 생성적 경험으로 탈환하는 '씨앗'의 상상력이 이때 큰 몫을 담당하게 된다. 스스로의 절실한 기억은 물론 사물을 향한 매혹을 담아가면서 시인은 자신을 규정하던 결핍 요인들을 상상적 충일의 에너지로 바꾸어 간다. 사물과의 충실한 교섭과 유추를 통해 자신의 고통과 결핍을 치유해 가는 황미현의 시는 '씨앗'이라는 신성한 존재의 성장과 성숙 과정으로 천천히 나아가고 있는 것이다.

4. 성찰과 기억의 현장으로서의 서정시

우리가 황미현의 첫 시집에서 만나게 되는 음역音域은 그 외에도 여러 차원에 걸쳐 있다. 그 가운데 스스로를 성찰하는 내적 변증의 과정은 황미현이 얼마나 섬세하고 속 깊은 내면의 소유자인지를 명료하게 알려 준다. 시인은 사물이나 현상으로 하여금 동심원을 그림으로써 전체 차원으로 확산해 가게끔 하는 방향을 일관되게 취한다. 그만큼 그녀는 사물이나 현상을 채록하는 '존재의 필경사'이기도 하다. 이로써 그녀는 사물과의 친화적 교응交應을 통해 삶의 이치를 아름답게 제시해 가는데, 이때 그녀가 들려주는 심미적 기억들은 커다란 스케일 안에서 재현되기도 하고 구체적 사물과 풍경 속에서 유추적으로 나타나기도 한다. 여기서 가장 근원적인 존재론적 기억을 품고 있는 궁극적 거소居所로서의 내면이 고유한 빛을 품고 등장하게 된다. 따라서 황미현 시인에게 사물이나 현상은 가시적인 것과 함께 한층 비가시적인 것들까지 품은 존재론적 태반으로 등극한다. 혹자는 우리 시대를 폐허와 절멸의 시대라고 하지만, 우리는 여전히 서정시를 쓰고 읽음으로써 세상을 역설적으로 개진하고 견뎌 간다. 그 점에서 황미현의 첫 시집은 오랜 시간의 기억을 순간적 함축 속에 재구성함으로써 이러한 폐허와 절멸의 시대를 견뎌 가게끔 해 주는 항체로서 기능한다고 할 수 있을 것이다.

> 거울 보는 횟수를 생각해 본 적 없이 살았다
> 전철 안에서 화장하는 여자를 보면
> 한 백 리쯤 걸어 나가 만난
> 나 같았다
>
> 그리던 눈썹을 멈추고
> 거울을 본다
> 거울 너머 흐릿하게 보이는 야윈 소 한 마리
> 나는 거울 속 전생에서 헤어 나오지 못하고 있다
> 소의 눈이 얼마나 예쁜지
> 그리고 얼마나 슬픈지도 알 것 같다

엄마는 거울을 좋아했지만

수를 놓는다

포도알의 숫자만 자꾸 늘어 가는 밤

민낯의 겨울밤은 왜 이리 길고도 긴지

나는 포도알을 세다 말고

잠이 들곤 했다

내 방의 거울이 작아서

커다란 풍선처럼 늘리고 싶었던 때가 있었다

동생과 나는 서로 거울 속으로 들어가겠다고 싸웠다

그리다 만 눈썹을 다시 그린다

똑바로 그리려 해도 자꾸 삐뚤삐뚤해지는 눈썹

흐릿하다 못해 출렁거리는 거울

소의 눈이 흐리게 보이고

이 가을 뒤늦게 익어 가는 포도알이

거울 속에서 픽픽 터지고 있다

—「거울」 전문

원래 '거울'은 자기 성찰의 과정을 상징하고 집약하는 오
랜 소도구이다. 시인은 그동안 거울 보는 횟수를 생각해 볼
겨를 없이 살아왔는데, 어느날 전철 안에서 화장하는 한 여
인을 통해 "한 백 리쯤 걸어 나가 만난/ 나"를 상상해 보게
된다. 거울 속의 '나'는 "흐릿하게 보이는 야윈 소 한 마리"
로 다가오는데 시인은 그 소의 눈이 예쁘고 슬픈 것을 차츰
알게 된다. 그리고 거울을 좋아했던 엄마 이야기가 이어져

간다. "내 방의 거울이 작아서/ 커다란 풍선처럼 늘리고 싶었던" 어린 화자는 이제 "흐릿하다 못해 출렁거리는 거울"의 안에 비추인 "소의 눈이 흐리게" 보이는 시간으로 흘러왔다. 시인은 이렇게 우리를 희미해지고 쇠잔해지는 오랜 기억 속으로 초대하면서, 견딤과 위안의 모티프를 담은 치유와 긍정의 기록을 섬세하게 들려준다. 시인 스스로 화자도 되고 청자가 되어 자신의 삶과 기억에 대한 애틋한 긍정을 토로함으로써 자기 탐색의 과정을 지속적으로 축적해 가는 것이다. 그 힘이 그녀로 하여금 시를 향해 아득하게 퍼져 가게끔 하고 우리로 하여금 시에 젖어 '다른 현실'을 꿈꾸게끔 하고 있는 셈이다. 애잔하고 아름다운 '거울'이 거기 흐릿하고 우뚝하게 서 있지 않은가. 마치 "낮과 밤의 길이만큼 가깝고도 먼"(『검은 개 흰 개』) 시간을 이어가면서 시인의 기억은 "벽을 뚫는 굴착기인 동시에 벽을 열어젖힐 문"(『책상』)으로서의 '거울'을 노래하고 있는 것이다.

> 한 번도 속을 드러내지 않는 주머니
> 속이 너무 깊어서
> 쌀 한 자루도 넣을 수 있는 주머니
> 가득 차 있는 일보다
> 비어 있는 일들로
> 진화해 온 주머니
>
> 모금함 앞에서 주머니에 손을 넣고
> 오래도록 머뭇거렸다

이렇게 가벼운 주머니가 또 있을까?
혼자서 빛나는 곳이 있다면
아마도 그건 주머니일 것이다

주머니에 손을 넣으면
몇 올의 실밥에서 지붕을 눌러쓴
반달이 딸려 나오고
꽃의 시절에 환하게 빛나던
희극적 순간이 떠오른다

생각해 보니
그건 모두 다 주머니에서
꽃 피던 일이었다는 것

주머니 속에서
한참을
걸어 나왔다는 생각이 들었다
　　　　　　　　　　—「꽃 피는 주머니」 전문

　이번에는 '주머니'다. 시집 제목이 숨겨져 있는 이 시편은
"한 번도 속을 드러내지 않는 주머니"를 불러온다. 속이 너
무 깊어 "쌀 한 자루도 넣을 수 있는 주머니"는 '가득 참'보다
'비어 있음'으로 진화해 온 어떤 성스러운 실재를 환기해 준
다. 시인은 어느날 모금함 앞에서 주머니에 손을 넣고 머뭇
거렸는데 그때 "이렇게 가벼운 주머니"가 또 있을까를 생각

해 보게 된다. 아마도 '주머니'는 아무도 모르게 혼자 빛나는 어떤 성소聖所이기도 했을 것이다. 주머니에 손을 넣으면 모든 기억들이 엮여 나오고 환하게 빛나던 순간마저 떠오른다고 시인은 노래하고 있지 않은가. 이 모든 것은 주머니에서 꽃이 피던 일이 아닌가. 그 점에서 시인은 자신이 "주머니 속에서/ 한참을/ 걸어 나왔다는 생각"을 하게 된다. '꽃 피는 주머니'가 가져다준 가장 오래고 신성한 시간의 흔적에 대한 회상이 황미현 시의 심층에서 흘러나온 것이다. "은밀한 달의 우묵한 뒷모습처럼"(『망설이는 구석』) 깊으면서도 "깊이 내려갈수록 높아지는 수심"(『수선하는 개미들』)에 이르게 되는 그 실존의 차원이 바로 황미현 시의 미래를 밝혀 주고 있다 할 것이다. 비록 "살던 곳들은 다 폐허의 전조"(『수서동 501번지』)라지만 그녀의 시는 때로 "땅속 물 한 방울 한 방울까지도/ 다 톡톡 튀는 악보"(『구름의 악기들』)가 되기도 하고, 때로 "가끔 빗장을 푸는 일"(『억지』)을 수행하면서 "겨우 알아들은 몇 마디 말들"(『첫니』)을 우리에게 전해 주기도 하기 때문이다.

이렇게 황미현의 시는 삶의 용기와 침잠, 따듯함과 서늘함, 피어남과 이울어 감, 구심과 원심의 상상력을 느릿하게 결속하면서 아름답게 번져 가는 형상을 취해 간다. 어느 작품을 인용해도 좋을 균질성으로 가득한 이번 첫 시집은 그렇게 견딤과 치유의 미학을 유감없이 보여 주면서, 그 빛나는 순간들의 집성集成으로 우리 시단에 남을 것이다. 새로운 인지와 감각의 갱신을 통해 사물의 의미와 본질을 재발견하는 데 공력을 다하되 경험적 구체성을 통해 수많은 비의秘義를 표상해 간 그녀의 언어가 밝은 눈으로 빛을 새록새록 키워 왔기 때문이다. 이를 일러 랭보(A. Rimbaud)는 '견자(見者, Voyant)'라고 했거니와, 여기서 우리는 사물의 이치를 꿰뚫어 투시하는 시인의 오래된 직능을 황미현 시인이 지속적으로 담당해 가기를 바라게 된다.

5. 상처와 희망의 역학을 통해 가닿는 가장 깊고 근원적인 차원

우리가 잘 알듯이, 어떤 운명적 순간을 포착하여 그것을 오랜 기억으로 치환하는 것은 서정시가 오랫동안 수행해 온 창작 방법의 하나일 것이다. 이는 현실 시간에서 벗어나 자신이 고유하게 경험한 시간으로 귀환하려는 의지가 반영된 결과일 것이다. 외따로 떨어져 있던 사물들 사이에 유추적 연관성이 놓일 수 있는 것도 이러한 기억의 매개가 작용하기 때문일 것이다. 황미현 시인은 자신의 존재론적 기원을 상상하면서 그 기억의 힘을 다시 스스로에게 투사投射하면서 자신의 현재형을 적극적으로 만들어 간다. 그 자체로 내적 온전함을 희구하는 신생의 감각이 반영된 것일 터이다. 이러한 시선은 첫 시집에서 완성도 높은 시편들을 통해 다양하고도 풍부한 심미적 형상들로 이어져 가고 있다.

말할 것도 없이, 이러한 세계는 황미현의 고유한 방법론적 주춧돌이자 그녀를 다른 시인들과 구별해 주는 존재론적 표지標識로 각인될 것이다. 서정시의 존재 원리는 상품미학의 규율을 통해 스스로를 완성하는 시장의 생리와 치명적으로 불화하게 되는데, 황미현은 그러한 정체성을 확고하게 지켜 가면서 숱한 제도, 관행, 담론들의 완강한 일방통행에 저항하는 예술적 자의식을 보여 준 것이다. 여기서 우리는 서정시 자체에 대해 사유하는 주체로서의 시인의 상像이 여전히 소중하고도 강력한 그녀의 존재 근거가 된다고 생각해 본다. 이러한 관점과 태도는, 디지털 문명의 시대에 따른 불안과 공포에도 불구하고, 서정시라는 존재 양식을 지켜 가는 근원적 힘이 되어 줄 것이다.

결국 황미현 시인은 현실에서 빚어지는 상처와 희망의 역학을 힘 있게 노래함으로써 보다 더 근원적이고 형이상학적인 목소리를 우리에게 들려주었다. 그녀의 목소리에는 신성(神聖, the sacred) 지향의 기운이 있고 일상에 편재한 불모성을 치유하고 새로운 소통 가능성을 꿈꾸려는 역동성이 있다. 그럼으로써 그녀는 신성한 존재자들 스스로 언어적 주체가 되게 하여 그 안에서 움트는 생명의 움직임을 묘사하게끔 하는 역량을 보여 준 것이다. 그렇게 시인은 현실 감각에만 머무르지 않고 깊고 근원적인 현상에 주목하면서 그것을 자신의 미학에 하나둘씩 반영해 냈다. 이제 우리는, 꽃의 시절에 환하게 빛나던 순간들에 대한 애잔한 기억과 그것을 통한 새로운 삶의 예감을 구체화한 이번 첫 시집을 지나, 황미현 시인이 더욱 온전하고 폭 넓은 서정시의 미학을 개척해 가기를 마음 깊이 소망하게 된다.